夕暮怪談

夕暮怪雨

竹書房
怪談
文庫

目次

※本書は体験者および関係者に実際に取材した内容をもとに書き綴られた怪談集です。体験者の記憶と主観のもとに再現されたものであり、掲載するすべてを事実と認定するものではございません。あらかじめご了承ください。
※本書に登場する人物名は、様々な事情を考慮して一部の例外を除きすべて仮名にしてあります。また、作中に登場する体験者の記憶と体験当時の世相を鑑み、極力当時の様相を再現するよう心がけています。今日の見地においては若干耳慣れない言葉・表記が記載される場合がございますが、これらは差別・侮蔑を助長する意図に基づくものではございません。

香利奈、北へ向かう

靖昭さんは女癖が悪い。とにかく女性に目がなく、交際相手がいても浮気ばかりしていた。社会人になり自由な金が使えるようになると、余計に拍車が掛かる。良い会社に入り、金も持っている。婚約が決まった相手と同棲を始めたが、悪い癖が治るはずもない。いや治すつもりもなかった。

そんな彼は出張先で繁華街へ繰り出し、女性に声をかけるのを楽しみの一つとしていた。時には一晩の出会いのため、マッチングアプリを使うこともあった。その度に出会った女性と身体の関係を重ねる。そんな乱れた生活を繰り返していたある日、関西地方で一人の女性と関係を持った。香利奈と名乗った彼女は、年齢も若く見た目も派手、実に靖昭さん好みだった。彼女は家を持たず、友人や出会った男の家を転々としていると言った。時には生活のため、身体も売ることもあったそうだ。

「情けないけど、その日暮らしってやつなの」

そんな言葉を呟きながら、不安そうな表情を浮かべる。「自分は幸せになれないの」そう言っているようだった。しかし、それを聞いたからといって、彼女に対する情は何一つ湧かない。靖昭さんは自分の欲望をぶつけることしか考えていなかった。

偽りの優しい言葉をばかり彼女にかける。

「困ったことがあれば、俺に連絡をくれたらいいよ。力になれることがあるはずだよ」

無論、彼にそんな気持ちは一切ない。また出張で来ることがあったら、都合よく呼びつけて利用しよう。そんな鬼畜のような考えだった。

だが、香利奈は違った。靖昭さんの言葉に笑顔を弾けさせ、甘えるように身を委ねてきた。

出張が終わると、靖昭さんは自宅のある北関東に戻った。すると、すぐに香利奈から連絡が来た。

「あなたのところへ遊びに行きたいな、優しくしてくれたことが忘れられないの」

「俺も同じ気持ちだよ。こっちに来ることがあるなら案内するから」

最初は優しくやり取りしていたが、徐々に面倒になった。自分には正式な彼女もいるし、実際にこちらに来られたら厄介だ。

適当にやり取りを続け、香利奈が本気だと分かった途端、返事をすることを止めた。それでも彼女からの連絡は止まらない。

「どうして返事をくれないの？　大切にしてくれたことが忘れられないの」

もう限界だった。

「本気にするな馬鹿女、俺には婚約者がいるんだよ。二度と会うこともない」

靖昭さんは冷たい言葉を送り、すぐに連絡先を消去した。これで煩わしさから解放される――はずだったのだが。

ある時、夢に香利奈が現れた。場所は二人が出会った繁華街だ。彼女は衣服を纏わず身体中の肌という肌がズタボロに傷み、死人のような目をしていた。初めて会った時の面影など一切ない。まるで関節のない人形のように、クネクネと身体を動かし不気味に進んでいく。そこで夢から覚めた。何やら落ち着かない、不穏な気持ちが胸にしこる。

（あの女、どうしているのだろう）

それからも頻繁に香利奈の夢を見た。歪に身体を動かしながら、無言でどこかへ向かう姿。何か目的があるように見えた。気持ちが悪い。目が覚める度、最悪な気分になる。

ある日、ふと気付いてしまった。夢の中で香利奈の歩いている場所、風景が徐々に変わっているのだ。出張先の見慣れた場所もある。繋げてみると、ゆっくりゆっくり北へ向かって移動しているのが分かる。

彼は段々と恐ろしくなってきた。

(俺のいる場所まで近づいてくるんじゃないのか……?)

香利奈の姿は以前よりも損傷し、生きる屍のような姿に変貌していた。それでも何か目的を持ったように、歩み続けている。

気付けば、香利奈は靖昭さんと婚約者が住む自宅の玄関前に立っていた。

先日、彼女がついに家に入ってきた。香利奈の目は死人のような目ではなく、何か目的を達成する直前のような、生き生きとした目をしていた。そして彼の部屋へ向かっているところで目が覚めたそうだ。

その話以降、靖昭さんとの連絡は途絶えてしまっている。

恨み節

佐々木市子(ささきいちこ)さんが仕事のため、遠い街へ行った時のこと。

その街は高い丘の上にあり、やたらと坂の多い場所だった。彼女は営業先に行くため、慣れぬ坂道を黙々と歩いていた。

息を切らしながら、ゆっくりと上がっていく。すると突然、坂の上から女の喚き声が聞こえてきた。周囲に轟(とどろ)き、まるで雷鳴のように耳をつんざく声。それは何かに怒りをぶつけている、大きな叫び声だった。

佐々木さんは変質者かと警戒し、足を止めた。周囲には自分だけしかいない。声は相変わらず坂の上から聞こえている。それが徐々に近づいてくるのが分かった。もう坂を上がれば、その姿は見えるはずだ。そんな距離まで声が近づいた時、佐々木さんは踵(きびす)を返し、一気に坂を駆け下りた。とにかく無我夢中で走る。そのうち、先ほどまで重たかった身体のことも忘れる。女の喚き声はどんどん遠のいていった。

「あそこには戻れない。営業は別の者に何とか頼もう」

迷惑を考える余裕などもなかった。

佐々木さんは耳にしたからだ。自分に対する凄まじい恨みと嫉みの声を。

「佐々木市子お前を許さない！　地獄へ落としてやる！」

そんな叫びの声だった。この場所には初めて来たはずだ。知り合いがいるはずもなく、声にも聞き覚えもない。まして恨みを買った記憶もない。

一体なぜ、自分の名を知っており、怒り狂っていたのか？

(生きている人間の声ではない)

それだけは分かったそうだ。彼女はあの日にあった出来事を思い出す度、震えるほど恐怖する。

車の下に

車の下にいる猫。よく見かける光景だが、早田（はやた）さんはなるべく、車の下に目を向けないようにしている。車と地面の暗い隙間、それが大の苦手だからだ。

そこには彼が目にしたくない存在がいる。決して猫などではない。若い女だ。地面にトカゲのように這いつくばり、彼をジッと睨みつけている。生きている存在なのかも分からない。時と場所に関係なく現れ、必ず車の下にいる。それを見る度に、恐怖で全身の毛穴から汗が噴き出すという。

ある日の仕事帰り。路上駐車している車を見かけた。運転席には人が乗っている。スマホで何か話しているようだ。早田さんは車の下をチラリと見てしまい、思わず大きな溜め息が出た。そこにあの女がいたからだ。恨めしそうに憎らしそうに、彼を睨みつけている。すると車中の人物が電話を終えた。ハンドルを握り、急いで車を発進させる。それと同時に女は煙のように消えた。

何度思い返しても、早田さんにあの女の記憶はない。

「自分は彼女にあれほどの視線を向けられる所業を行ったんでしょうか……。心当たりが全くないのです」

今でも頻繁にその女は早田さんの前に現れ、睨みつけている。

滑走路にいる親子

光輝さんは仕事柄、日本中を移動している。特に頻繁に利用しているのが飛行機だ。長距離の移動は昔から苦ではない。フライト中は睡眠や仕事に費やすなど、有効活用ができるからだ。

以前は必ず窓側の席を希望していた。窓から外を見ると、それだけでウキウキしていた子供時代の記憶が蘇る。特に、滑走路を飛行機が走り、飛び立つところは大人になった今でも興奮した。

しかし現在は、窓から外を見られない中央の席に座ると決めている。拘りが変わった訳ではない。それにはちゃんとした理由がある。ある時を境に、離陸前の滑走路に人が立っていることに気付いたからだ。整備士などの航空スタッフではない。

若い女と小さな男の子。親子だろうか？　仲良く手を繋ぎ、滑走路に立っている。場所に似つかわしくなく、明らかに不自然だ。

二人は手を振りながら笑ってこちらを見ている。初めてそれを目撃した時は、思わず目を疑った。それもそうだ。滑走路、しかも飛行機の側だ。素人目にも明らかに危険だと分かる場所だ。

「すいません！　滑走路に見知らぬ親子が立っていますよ！　とても危険です」

客室乗務員に不審な親子の存在を告げるが、怪訝な顔をされる。光輝さんの言葉を聞き、他の乗客も一斉に窓を覗き込んだ。けれども皆、客室乗務員と同じ表情を作る。改めて彼が窓の外を見ると、やはり親子は立っていた。

（他の人には見えないのか……）

あの二人は人間ではない、この存在は事故か何かの前触れを伝えているのかもしれない――。そんな不安に襲われるが、機体は無事に飛び立ち、目的地に到着した。ホッと胸を撫で下ろし、窓から外を覗き込む。

そこにはあの親子が手を繋ぎながら立っていた――。

「あり得ない……」

光輝さんは思わず言葉を漏らした。だが、断じて幻覚ではない。明らかに先ほどの親子が滑走路に立っている。ただ二人は笑顔で機体に向かい手を振っている。

それ以降、場所季節天候に関係なく親子は滑走路に現れた。それを見るのが嫌で、光輝さんは景色が見えぬ中央席を予約するようになった。

きっと親子は今でも立っているのだろう。不気味に笑い、手を振って。ただなぜ滑走路に立っているか、光輝さんには理由が分からないままだ。

万歳三唱

　真理恵さんの父は生真面目な性格であった。サラリーマンとして長年愚直に働き、感情を露(あら)わにせず、自分の話さえ一切しない。まさに寡黙な男だ。

　そんな彼女の父は、ある頃から毎朝、出勤前に家のトイレに籠もるようになる。必ずと言っていいほど。中からは力のない、大きな溜め息や小言が何度も聞こえる。

「はぁ……やだなぁ……」

　真理恵さんや他の家族の耳にも当然入る。皆心配そうな顔を浮かべるが、声をかけることはできない。トイレから出てくると、父の顔はいつもと変わらなかった。普段の寡黙な雰囲気のままだ。

　真理恵さんから見ても、無理をしているようにしか見えない。休み返上で仕事を行い、折り合いの悪い上司のパワハラなど、大きなストレスを感じていたのだろう。弱さを溢す場所は唯一トイレの中だけだった。家族は気付かぬふりをして、見守ることしかできなかった。

そんな父が突然他界した。職場のビルから飛び降りを行う自死だった。

遺書には年下の上司との軋轢やパワハラ、過酷な業務のストレスについて綴っていた。定年退職まで残すところあと一年であった。

父は定年を迎え、母とゆっくり過ごすことだけを楽しみにしていた。だが、もう限界だったのか、選んだのは自死だ。家族は後悔の念に押しつぶされそうになった。なぜ声をかけてやれなかったのか。トイレで聞こえた溜め息を思い出す、それが罪悪感を募らせる。

父の葬儀を終え、数日が経過した時のこと。口数の減った家族がリビングにいると、聞き覚えある声が聞こえてきた。

「はぁ……はぁ……」大きな溜め息だった。

「お父さんだ」

真理恵さんは家族に伝える。時計を見ると父の出社時刻だ。溜め息は何度もトイレから響き、気配も感じる。そしてしばらくして声は消えた。まだ成仏できていないのか。死してなお父は悩み続けている。家族はそんな不憫さに涙を流す。

それからも溜め息は毎日続く。一年ほどが経過した頃の朝のこと、真理恵さんがいつも通り家族とリビングにいると、静けさに気付いた。

「お父さんの溜め息が聞こえないね」そう母に尋ねる。おもむろにトイレへ近づく。するとトイレから大きな声が聞こえた。

「ばんざーい！　ばんざーい！　ばんざーい！」

溜め息ではない、父の歓喜の声だった。万歳三唱。真理恵さん自身、あんな嬉々とした父の声は聞いたことがなかった。

それは長い間、家中に響いた。飼い猫が驚き怯え、隠れるほどの声の大きさだ。そして声は徐々に小さくなり、消えていった。

（一体どういうことだろう）

真理恵さんは疑問を持つ。ふと母が、カレンダーを見て「あ……」と声を漏らした。父の定年退職の日だった。あの歓喜の声は、会社に行かねばならぬ重圧から解放された声だったのかもしれない。真理恵さんはそう納得した。

「良かったね」彼女は父の遺影に向かい手を合わせた。

ところが、しばらくして父の同僚から会社の上司が亡くなったという連絡がきた。その上司は、父を目の敵（かたき）にし、深く悩ませていた元凶だった人物である。どうやらその上司も心を病み、仕事を長期に休んでいたらしい。そしてつい最近、ある場所で亡くなった。

父が飛び降りて自死をした、あの自社ビルの屋上だったそうだ。

「もしかして……」

真理恵さんの頭に不穏な考えが浮かぶ。

父は自分を悩ませた上司を道連れにしたのでは？

だからあの日、嬉々とした声で万歳と叫んでいたのかもしれない。その時初めて、父の恐ろしいほどの執念を真理恵さんは感じた。

あの日以来、父の溜め息がトイレから聞こえることはない。

ギャル人形

高島さんの真向かいの家に、仲の良い夫婦が住んでいた。彼の祖父母と同年代、夫婦ともに物腰は柔らかだ。如何にも上品な雰囲気を醸し出していて、高島さん自身、その老夫婦には幼い頃からとても可愛がられていた。

夫婦は高島さんが生まれる前からこの町内に住んでいる古参で、地域では中心の家だった。そんな彼らがある変化を見せ、突然引っ越してしまう事態が起きた。

ある日、道で老夫婦を見かけた高島さんは、おや？　と思った。

夫の隣にいる妻の雰囲気がいつもと違う。

普段は着物を纏い、美しい白髪が上品さを醸し出しているというのに、この日は違う。ケバケバしい服装。染めたのだろうか？　歳に似合わぬ金髪に、ド派手な化粧をしている。それはまるで歓楽街にたむろしている、「ギャル」のような格好だ。年齢も七十近いというのに、以前とはまるで別人だ。

周囲の人間達も驚きを隠せない。当然、町内の話の種になる。気付けば、腫れ物に触られるような扱いになっていた。当の本人は、普段通りおしとやかに挨拶をしてくる。見た目とは裏腹だった。

結局、しばらくして老夫婦は引っ越していった。特に理由も告げず、町内から姿を消した。老夫婦の家は売りに出され、すぐに買い手が現れた。

新しい住人は、三十代の夫婦だった。夫婦揃って物静かで、服装も地味。とりわけ妻は口数も少なく、近所付き合いどころか挨拶すらろくに交わさなかった。

しかし、しばらくしてある変化が起きる。服装や髪型が徐々に派手になっていったのだ。不思議なこともある。以前住んでいた老夫婦の妻と同じような変貌ぶりだ。その姿は、まさに「ギャル」だ。

ただ不思議にも夫はそれを受け入れている。仲良く買い物をしている姿を見かけたし、態度も変わらない。高島さんを含め、近所の人間だけが違和感を抱えていた。

その夫婦も二年ほどで引っ越してしまった。以前住んでいた老夫婦と同じく、いつの間にかという感じでいなくなった。

その後、また家は売りに出されたのだが、今度はなかなか買い手が現れない。

結局、家は解体されることになったと聞いたある日のこと、高島さんの母が興奮気味に話しかけてきた。

「向かいの空き家から、変な物が出てきたらしいよ」

まさか遺体でも出たのか。一瞬、物騒な想像が浮かんだが、母に詳しく聞いてみると、見つかったのは『人形』だという。メーカーは分からない。髪の毛は金髪で肌は小麦色。派手な目鼻立ちをした人形だった。衣服は着ておらず、裸のままである。

それは床下から発見され、だいぶ古いものなのかかなり薄汚れていたらしい。いつからそこにあったのかは分からない。前の住人が埋めたのかと囁かれたが、どちらの家族とも連絡は取れず、真相は謎のままだ。

ただ確かなのは、以前この家に住んでいた住民がその人形そっくりな姿に変わっていったということだ。あの原因不明のギャル化は、実は人形が原因だったのでは？　そんな馬鹿げた疑念を高島さんは抱いた。

その後すぐに業者が地元の人間に相談し、件（くだん）の人形は近くのお寺に預けられた。住職は事の次第を聞いた上で、快く人形供養を受け入れてくれたそうだ。

高島さんもそれを聞いてホッと胸を撫で下ろした。やはり自宅の真向かいから、曰（いわ）くありげな人形が発見されたのは気持ちが悪い。

それからしばらくたったある日のこと。高島さんがお寺の前を通ると、寺の門から人が出てきた。住職の妻だ。しかし、以前と全く違う様相だ。バッチリ色が付いたネイルとミルク色のヘア。そして派手な服装と小麦色の肌。年齢はさておき、格好はまごうことなき「ギャル」だ。

夫である住職もそれを見て、引きつった顔をしている。

「人形は供養されてないですね確実に……あの姿じゃ」

苦笑いしながら高島さんは話してくれた。

顔のないぬいぐるみ

関西地方在住の円香(まどか)さんは雑貨メーカーで働いている。主にぬいぐるみを扱う担当だ。色々な場所でぬいぐるみフェアを展開している。

そんな円香さんが、ある駅ビルでフェアを行った時のこと。その日はフェアの最終日、彼女はビルの閉店と同時にブースの撤収作業を行っていた。愛くるしく見慣れたぬいぐるみ達を、一つずつ丁寧に箱へ入れていく。その時、テナントのスタッフに声をかけられた。

「こちらのぬいぐるみは、円香さんのところが用意したものでしたっけ？」

彼女は振り返って、棚の方へ目を向けた。そこには見覚えのないぬいぐるみが一体、ポツンと置かれていた。古ぼけたクマのぬいぐるみ。フカフカとした毛が経年で傷んでいるのが分かる。明らかにフェア用で持ち込んだ物ではなかった。

それを目にした途端、円香さんは何とも言えない嫌な気分になっていた。なぜなら「ない」のだ。目も鼻も口も全て。明らかに顔のパーツが全て、人為的に取り外されていた。テナントスタッフも気味悪そうにそれを見ている。きっと見知らぬ誰かが悪戯で紛れ込ませたのだろう。しかし、顧客の前でそれを雑に処分することもできない。

円香さんは「これはうちがお預かりします」とだけ伝え、その場を後にした。本来ならそのまま置いて帰りたいぐらいだ。その日は友人と夕食をする予定だった。急いで待ち合わせ場所へ向かう。

ぬいぐるみは車の中へ置いていった。食事の相手は修（おさむ）という男性だ。共通の知人に紹介され、それから度々食事を誘われるようになった。円香さんはどことなく、自分に対する彼の好意を感じていた。修との会話は弾み、今日あった出来事を何気なく打ち明ける。あの「顔のないクマのぬいぐるみ」についてだ。気味が悪いこと、処分に困っていることを相談する。

すると彼は「俺が引き取り処分してやるよ！」と意気揚々と提案してきた。円香さんは流石に申し訳ないと断るが、彼は言うことを聞いてくれない。きっと自分に良いところを見せたかったのだろう。半ば強引に、ぬいぐるみを奪い取り帰ってしまった。

ところが――。その日から修の様子がおかしくなった。何度か食事をする機会を設けるが元気がない。あんなに明るく楽しげに話していたのに、気付けば自分の顔を見もしなくなっていた。ただ俯き、上の空だ。

私のことが嫌いになったのかな……。

寂しさと虚しさに円香さんは悩み、意を決して修に尋ねた。

「修、私のこと嫌いになった？」

重苦しい空気の中、彼はポツリと暗い声で呟いた。

「……君の顔が分からないんだ」

円香さんはその言葉が理解できない。

「え？　どういうこと？　何度も私と会っているじゃない。ふざけているの？」

「ふざけてなんかいない。あのクマのぬいぐるみを受け取ってから、俺は変なんだ」

修の話によると、円香さんからぬいぐるみを受け取ってから異変が起きた。徐々に人の顔を認識できなくなったのだ。顔が消失している訳ではない。目や鼻や口が揺れ動いているのは分かる。水面の上で枯葉が揺れ動くように。ゆらゆら、ゆらゆら……。ただ、それだけなのだ。映像や写真に写る人物全てがそうだった。ただ不思議なことに、漫画やアニメのキャラ、動物などに異変はなかった。人間だけが曖昧模糊（あいまいもこ）としている。

「だから君の顔も分からない」

彼は泣き崩れる。ぬいぐるみが原因かは分からない。だが、自分がこの話をしなければ、こんなことにはならなかったかもしれない。そう思うと、後悔と罪悪感がこみ上げる。

円香さんは彼に、一緒にぬいぐるみを処分しようと提案した。

けれども修は「そうだね」と一言呟き、そのまま去ってしまった。


それから少しして、修は自室で首を吊って亡くなった。彼が使っていた机の上には、あの顔のないクマのぬいぐるみが置かれていたという。

円香さんは悲しみに打ちひしがれ、またそれ以上に、罪悪感に苦しんだ。修の家族に無理を言って、遺品となってしまったあのクマのぬいぐるみを譲ってもらった。

「修が話したことは事実です」

彼女はそう断言した。ぬいぐるみを譲ってもらってすぐに、変化が現れたという。修と同じく、人の顔が分からなくなった。

「きっと何かの呪いなのでしょうね……」

あの時の修と同じように、彼女は俯いたまま話す。

一体このクマのぬいぐるみは誰が何を目的として作り、置いていったのだろうか？

今も彼女は人の顔が認識できない。

ドメスティック・バイオレンス

　亜由美には同棲している翔平という恋人がいた。正義感が強く優しい。決して、後ろめたい行為をする人間ではない。亜由美は彼を信頼している。翔平とは付き合い始めて一か月もせず、同棲を始めた。慎重な性格の自分にとって、とても珍しいことだった。

　狭い部屋、プライベートな場所など一切ない。眠る時はセミダブルのベッドで、毎晩一緒に寝ている。翔平は眠りが浅いのか、度々目が覚める。その度に「ついでだ」とトイレへ向かう。彼はトイレから戻ってくると必ず、亜由美を抱き寄せる。翔平は精力旺盛で、そこから気持ちが高まることもあった。

「ちょっとやめてよ」

　嫌がる素振りをしながらも、内心悪い気はしない。結局、戯れ合いから縺れるようにベッドで愛し合うのが常だった。

　その日も翔平はベッドで、彼女の身体を抱き寄せた。と、その瞬間、「うぉ!?」と悲鳴のような声をあげる。

「ちょっと、何!?」

亜由美も驚きのあまり声を出してしまった。すると彼は困惑しながら、知らない女の名前を呼んだ。

「由紀乃……？」

（こいつ寝ぼけているのか？）

自分ではない女の名を呼んでいる。亜由美は無性に腹が立ち、感情を剥き出しにして強い言葉を浴びせた。

「由紀乃って誰だよ！　私は亜由美！」

「あ……あっ亜由美だ！　ごめん」彼は取り繕うように謝ってくる。

「全く。どう見ても亜由美でしょうよ」

彼女は眉を吊り上げ、呆れながら答えた。明らかに翔平が動揺している。そして何かに怯えるようにもそもそと布団に包まった。

（浮気でもしているのか……明日きっちり詰めてやる）

そう思いつつ、彼女もその日は寝たそうだ。

　翌日、亜由美は昨晩の言動について厳しく彼に問いただした。翔平はいつになく真剣な顔になると、昨夜口にした「由紀乃」について語り始めた。

　由紀乃は以前、翔平と付き合っていた女で、お互いの性格の不一致により別れを選んだ。後悔はしていない。別れた日以来、彼女とは会ってもいないし、連絡も取っていない。そう翔平は話す。

　けれど昨夜、突然彼女が現れたのだ。亜由美の身体を借りて。

　ベッドで抱き寄せ合った時の顔が由紀乃そのままで、思わず声をあげてしまったという。

「寝ぼけていたのよ」

「それは違うよ」

「どうしてそんなことを言えるの？」

「今もお前は由紀乃の顔をしている。しかも顔はあざだらけだ」と話す。

　信じられない話だ。隠れて元恋人と連絡を取り、自分を怖がらせているのでは。適当に理由を付け、別れるつもりかもしれない。そんな疑心暗鬼に駆られてしまう。自然と気持ちも沈んでいった。

　それからすぐ、翔平が「由紀乃と連絡を取った」と亜由美に報告してきた。やはり浮気をしているのか。これから自分は別れを告げられるのだ。いやな想像ばかりが巡る。しかし祥平から返ってきたのは、予想とはまるで逆の言葉だった。由紀乃には付き合っている男がいるのだという。

とても酷い男で。そいつから過剰なＤＶ（ドメスティック・バイオレンス）を受けているらしい。

正義感の強い翔平は、由紀乃を気遣い、「何か助けることはあるか？」と尋ねた。けれど彼女は首を横に振り、こう答えた。

「気遣いは不要よ」

何とも信じられない話ではあったが、翔平の目は真剣だ。亜由美は彼の言葉を信じることにした。それからしばらくの間、由紀乃は亜由美の身体を借り、翔平の前に現れていたそうだ。異常に腫れ上がった、傷だらけの顔で。

それが、ある日突然治まった。

「ＤＶ男と別れたのか、殺されたのかどちらでしょうね。私には関係ないことだけど」

亜由美はそう言うと、ケラケラと上機嫌で笑った。

男の娘（こ）

依子さんには溺愛していた一人息子がいた。息子は色白で華奢な体躯、おままごとが好きな優しい子供だった。いつも女の子達とばかり遊んでいる。昔気質（かたぎ）の夫は、いつも苦虫を噛み潰した顔でそれを見ていた。ただ成長するにつれて、依子さんは息子の内面に気付き始めていく。

思春期になると、息子の変化は顕著に表れた。ある日、彼は自分の性別に対して悩んでいることを吐露した。その表情は悲愴感に満ちていた。とても辛く悩んでいたのだろう。

「ずっと認めることができなくてごめんね」

依子さんは涙を流しながら抱きしめ、息子を受け入れた。しかし夫は怒り狂い、息子を拒絶する。それから息子と夫は一切、口を利かなくなった。

そして高校を卒業した翌日、忽然と息子は家から消えてしまった。実の母である依子さんにも相談せず。

夫は「あんな奴、高校を出たら追い出してやる」と声を荒らげていた。そんな会話を聞いての行動だったのだろう。

それから彼女は必死に息子を探した。だが、手がかりさえ掴めない。

「あいつは死んだものと思え」

夫はそう依子さんを突き放した。心のどこかで「もしや息子は自ら命を絶ったのでは？」と想像したくない思いが浮かぶ。

そんなある日、眠っている依子さんの枕元に息子が立っていた。思わず飛び起きる。「帰ってきてくれたの!?」と声を出す。しかし息子は大きな声で咽び泣くだけだ。こちらから声をかけても反応しない。息子に何かあったのか？ そのうち彼は何かを訴えるような表情を浮かべ、煙のように消えてしまった。


翌朝、気もそぞろでいると、息子を知るという人物から自宅へ連絡があった。そして開口一番、「あなたの息子が事故で亡くなりました」と話した。

一体何を言っているのだろうか？ 告げられた言葉が脳内で意味を結べず、ばらばらに漂う。その人はゆっくりと依子さんの知らない息子について説明してくれた。

どうやら息子は遠く離れた歓楽街に住んでいたらしい。「とにかく早く会ってあげてほしい」と告げられる。

依子さんはすぐに指定された場所へ向かった。

そこは古びたマンション。案内された部屋のドアを開けると、玄関に息子の恋人だという男性が立っていた。優しそうな人だ。

息子の亡骸が寝かされているという部屋に向かう。彼女は目を疑った。そこには自分の若い頃にそっくりな女性が眠っていたからだ。依子さんは泣き崩れた。息子は努力し、女性として生きていたのだ。

恋人の話では、色々苦労もあったらしい。身体を売った経験もあると聞いた。その苦労が報われ、彼女は色白で見惚れるほど美しくなった。

依子さんは「良かったね……良かったね……」と何度も彼女の頬を撫で、涙した。

遺影も生前の美しい姿を選んだ。夫は「俺にそんな息子はいない」と最後まで拒絶していた。それだけが不憫で仕方ない。

枕元に立った話については、息子の恋人にも話してはいない。

なぜなら今でも依子さんの枕元に立っているからだ。泣いて何かを訴えている。姿を消した当時の男の姿のままで。

死んでしまうと元の姿に戻ってしまうのか？　夜毎何かを訴えるように息子は現れる。
そんな不憫な彼を思うと、依子さんは何もできない自分に、胸が苦しくなってしまう。

勝負服

怪談に出てくる幽霊の「服装」の定番を思い浮かべる。白いワンピース、赤い靴など幾つもある。そんな話をしていると陽菜さんは、「きっとその人の勝負服なのですよ」と面白い意見を語ってくれた。

少し前に陽菜さんは大好きな父を亡くした。両親は仲が良く、喧嘩もしない。互いに尊重し合う理想の夫婦像だった。父に先立たれた母は悲しみに暮れ、日に日に憔悴していく。陽菜さんも明らかに元気のない母を気にかけていた。

ところが、しばらくたった頃、母の表情に元気が戻ってきた。笑いながら先日起きたことを陽菜さんに話す。

「先日、お父さんが夢枕に現れたの。それもお母さんをデートに誘いに」

父は、母と出かける時は必ず、近所の洋裁店で仕立てたスーツを着ていた。普段服装には無頓着であったが、大好きな母と出かける時は格好良く決め、街へ繰り出す。

グレーのお気に入りのスーツとハット。それが父の勝負服だ。陽菜さんは母の夢枕に立った話を聞き、キザな父らしいなと思った。

「亡くなっても私に格好良く見せたかったのかしら。お父さん」

母は照れながら話す。

そんなことがあり、彼女もいつか来る、自分の最後の姿を思い浮かべた。若い頃はファッションに気を使っていたが、結婚し子供ができてからは無頓着になった。高校生の頃はミニスカにルーズソックス、人並みに流行に乗っていたのに。今や勝負服など一つも持っていない。

（それならば愛する夫の好みの服装で化けてやるか！）

そう思い立ち、尋ねた。

「私が着た服で一番惚れ直した服装は何かしら？　遠慮せずに言ってみてよ」

その言葉を聞いた夫は、子供を抱いたまま天井を見上げる。しばらく考え込んでいる。

そして「結婚式で着た花嫁衣装……それか出会った当時のルーズソックスのセーラー服かな」とニヤケ顔で答える。陽菜さんは思わず吹き出す。

（無理だろそれは！）

心の中で突っ込みを入れたそうだ。

「私は既に四十路を過ぎています。花嫁衣装かルーズソックスのセーラー服で化けて出たら、本当の怪談になりますよ」と呆れながら語る。

陽菜さんは夫の希望である、花嫁衣装かルーズソックスのセーラー服。この二択で夢枕に立つ直前まで悩むしかないのかと思うと、今から憂鬱だそうだ。

時折、花嫁衣装などで化けて出る話を聞く。幽霊は勝負服で現れる。それもあながち間違いではないのかもしれない。

ギャル男の災難

達央さんは若い頃、今ではあまり見かけないギャル男ファッションだった。髪の毛を伸ばし、当時流行りのパーマにメッシュヘア。目にはカラーコンタクトを付け、サーフファッションに身を包む。

その姿で夏は悪友と海に行き、ナンパと日焼けに時間をあてる。とにかく青春を謳歌していた。そんな彼が一度だけ不可解な体験をしたと話してくれた。

大学時代、夏休みを毎日のように遊んで過ごしていた。海が近いこともあり、暇さえあれば友人とビーチへ繰り出す。砂浜の日差しは強く、肌に刺さる。そのため日に日に黒く焼けていった。気付けば小麦色の肌を超え、真っ黒になった。その日も浜辺でナンパをしたが、誰も捕まえられずに空振りに終わった。友人と不貞腐れながら居酒屋で深酒をし、泥酔して自宅へ戻る。千鳥足になりつつ、何とかリビングへ辿り着く。

二人がけのソファに横たわり、このまま目を瞑り眠ろうとする。すると全身に大きな違和感を持った。そのまま眠ろうとも思ったが、次第に居ても立ってもいられなくなる。気持ちも悪く異常に気怠い。

何とか強引に身体を起こし、目を開ける。全身が黒い。いや日焼けした自分の肌の黒さではない。毛穴という毛穴からドス黒いものが滲み出ては、みるみると肌を覆っていく。

「うぉっ！　何だよこれ⁉」

達央さんは驚いて立ち上がると、すぐさま衣服を脱いだ。

ボタボタと落ちるヘドロのような滴。側にあるタオルを急いで取り、肌を拭う。タオルの生地は黒いヘドロのせいで、みるみるドス黒く染まっていく。気付けば、顔から足の爪先までヘドロで覆い尽くされた。それに鼻がもげるような酷い臭いだ。

状況が飲み込めないが、とにかく拭い取るしかない。タオルだけでは足りなくなる。しまいには、生まれたばかりの姪のお尻拭きシートさえ手に取った。達央さんは黒く染まったシートを床に捨てては取り出し、懸命に拭き取る。それでも止まらない。すると、騒いでいる達央さんに気付いた姉がリビングへ入ってきた。

「あんた夜中に騒いで何をしているの？　また酔っ払ってきたんでしょう？」

「姉さん見てくれよ！　肌から黒いものが噴き出しているんだ！」

「あんたねぇ……姪のお尻拭きシートを何に使っているの……」

姉は呆れた声で小言を吐いた。その間も達央さんは肌を拭うが、それを姉は制止した。

その瞬間、彼は我に返った。肌は元の正常な状態だ。

「正気でも失った？　薬でもやっているの？　あんた……」

姉の冷たく呆れた視線が身体中に刺さるのが分かった。床を見てもヘドロのようなものは落ちていない。しかし、タオルと大量のお尻拭きシートの残骸は、床に落ちたままだ。どれも真っ黒に染まっている。手に取り、鼻を近づけると嘔吐くほどに臭い。

次第にその臭いは部屋中に漂い拡散され、他の家族が飛び起きるほどだった。結局、その黒いものが何なのかは分からない。とにかく「早く片付けろ」と姉や母に罵声を浴びせられ、すぐに処分した。

それ以降、あのような出来事は一度も起きてない。とにかく不可解な体験だったと、達央さんは話す。因みにギャル男ファッションは歳を取っても辞められず、姉や成長した姪に、ダサいと嫌な顔をされる毎日だそうだ。

ガン黒メイク

　菜緒さんの悩みは、化粧をするようになってから軽減した。容姿のコンプレックスではない。外出すると身体が重く、体調不良に襲われる。物心付いた時は毎日のようにそれに悩まされていた。学校の遠足や家族旅行が憂鬱で、自然と消極的な性格にもなる。

　両親は心配して医者へ連れて行くが、原因は全く分からない。けれど菜緒さんには分かっていた。いわゆる自分が『霊媒体質』だと。自分の肩と背中に、生きていない存在が覆い被さっている。見知らぬ場所へ行くと必ず、連れて帰ってしまう。

　毎日一人増え、二人増えしていく。漫画の主人公のように、追い払うこともできない。(いつか自分は身動きが取れなくなり、とり殺されるのでは?)

　そんな心配もしていた。ところが、高校に入りその悩みが突然解消する。菜緒さんが年頃になり、化粧をするようになったことがきっかけだ。

　それはただの化粧ではない。俗に言う『ギャルメイク』だ。カラーコンタクトを装着して肌を黒く焼く。極め付きは恐ろしいほど濃い化粧を顔に施すのだ。

そうすると身体が異常に軽くなる。気のせいではない。本来の容姿とかけ離れるほど、身体は楽になっていく。自分の身体に覆い被さっていた者達が剥がれていく感覚。

しかし、メイクを落としたすっぴん生活を続けると、身体はまた重くなっていく。それが理由で、菜緒さんは常に化粧を施している。気付けば「ガン黒ギャル」という当時流行のスタイルに変貌していた。その姿を疎む両親に理由を伝えるが、信じてもらえない。

「みっともない！　やめなさい！」とむしろ呆れられた。その出立ちを続け、成人するまでは快適な生活を送る。だが、そんな生活も束の間の休息でしかなかった。

突如、「ガン黒ギャル」のブームは去ってしまう。今度は「白ギャルブーム」の到来だ。周囲の友人もそれに合わせ、白ギャルに変わっていった。それでも菜緒さんはこの「ガン黒ギャルスタイル」をいまだに変えることができない。年齢は既に四十半ばを過ぎている。令和の時代になっても肌を焼き、時代遅れの特異なメイクで素顔を隠す。

「化粧って魔除けと言うじゃないですか。あれ、ほんとです。ガン黒ギャルメイクが自分にとって最強の魔除けなのです。きっと」

菜緒さんはこのスタイルを死ぬまで辞めるつもりはないそうだ。

ギャルの香り

九十年代後半、世間で空前の日焼けブームが起こっていたことはご存じだろうか。人気アーティストの影響で、若者達は日焼けサロンに通い、肌を焼く。

そして髪の毛を茶髪や金髪に染め、流行りのファッションに身を包む。

いわゆる「黒ギャル」というスタイル。

愛華さんも、一時のブームに惑わされ、黒ギャルに憧れた。夏はビーチへ行き、日焼けをしながらナンパ待ちをする。

今思えば本当の黒歴史だと嘆く。そんな愛華さんに黒ギャルを辞めるきっかけが起きた。

当時彼女は、黒ギャル達が集まる「ギャルサー」というグループに入り、目的もなく毎日たむろしていた。

愛華さんの地元は栄えておらず、都会とは言い難い。当然、クラブなどもない。だから行く当てもなく、真夜中の公園にメンバーと集まる。クラブミュージックを爆音でかけ、酒盛りをする。皆酔っ払っては男の話ばかりをしていた。ただそれが楽しかったそうだ。

そんなギャルサーに「凛花」というメンバーがいた。グループのリーダー的な存在だ。日サロで働いていること、そして付き合っている彼氏がアウトローだったこと。そんな大人びた雰囲気が、十代の愛華さんにはとても羨ましかった。凛花もそんな愛華さんを可愛がってくれた。凛花の焼けた肌からは、いつもココナッツの香りが漂う。日焼けオイルの残り香だ。肌が黒ければ黒いほど、どこかステータスのようなものを感じる。

凛花にはその気持ちが人一番強く、よく職場の日サロを利用し、周りが驚くほど肌を焼いていていた。エスカレートする彼女に、愛華さんを含め周囲のメンバーは次第についていけなくなっていった。

そんな凛花が、ある時からパタリと愛華さん達の前に現れなくなった。当初は噂の彼とイチャつき遊んでいるのだろう。そんな冗談を皆で話していた。だが、一向に連絡が取れない。メールを送っても、携帯にかけても一向に繋がらない。心配した愛華さんは彼女の職場まで確認をしに行ったが、その結果は不安が残るものだった。

凛花は無断欠勤をしていたのだ。一週間以上、職場にも現れていないそうだ。これは只事ではない。とはいえ自分達にはできることなど何もない。きっと付き合っていた彼氏と駆け落ちでもしたのだろう。そう思うようにした。彼女の彼氏は地元でも悪名が高く、両親も付き合うことに反対していた。それを頻繁に凛香から聞いていた。

その晩のこと。愛華さんはサークルのメンバーといつもの公園に集まり、凛花の噂話で盛り上がった。大きな公園で、周囲は林に囲まれ街灯もない。陽は完全に落ち、暗闇に変わる。そろそろ解散しようという話になったその時、周辺から嗅ぎ覚えのある香りが漂ってきた。

愛華さんはすぐにそれが何か分かった。ココナッツの香りだ。自然と凛花の顔が頭に浮かぶ。ふと先を見ると、暗闇の中に人が立っている。身体をフラフラと揺れ動かしており、姿形ですぐに彼女だと分かった。

「凛花さん！　こっちに来れば？」

愛華さんは暗闇に向け、声をかける。

「何を突っ立ってんだよ！　こっちに来なよ！」メンバー達も声をかけた。

すると何も語らず、凛花はゆっくり足を引き摺るように歩いてきた。近づいて来るにつれ、愛華さんの身体から徐々に汗が流れ出てくる。

（何かが違う……）

そんな感情が溢れ出た。

凛花が近づくにつれココナッツの香りが、何かが焦げついたような臭いに変わっていく。メンバー達もそれに気付いた。

そして数メートルの距離に凛花が近づいた時。厚い雲が割れ、月明かりが差し込んだ。互いの容姿がほんの少し視認できるようになる。皆、凛花の姿を見た瞬間、悲鳴をあげその声が公園に響き渡る。愛華さんは腰を抜かし、尻もちをつくように倒れ込んだ。

凛花の姿は見るも無惨なものだった。衣服を纏わず、肌は消し炭のように焦げ、真っ黒になっている。咳き込むほどの焦げ臭さが充満し、息をすることすら苦しい。

愛華さんを含め、その場にいたメンバーはしばし錯乱し、逃げ惑った。するといつの間にか、凛花の姿は消え、焦げついた臭いだけが夜の公園に漂っていた。

結局その日は皆、散り散りとなって帰宅したそうだ。あの晩のことが原因で、サークルの集まりも減っていき、気付けばギャルサーは解散してしまっていた。

それからしばらくして、凛花と一緒に駆け落ちしたと思われた男を街で見かけた。ひょっこりと地元に戻ってきていたのだ。もしや彼女に何かあったのだろうか。愛華さんは気になったが、その男と関わるのが恐ろしかった。

結局、凛花の行方は分からぬまま。
日焼けオイルの香りを嗅ぐ度、あの時のことを思い出す。

懺悔する者

藤井さんは地下鉄駅構内で長年、駅員として働いていた。仕事もやり甲斐があり、同僚とも〝上手く〟いっていた。ただここで働き、悩みができることもあった。それはある地下鉄の駅に赴任した時のことだ。

ある日の終電後。駅構内のどこからか流れてくる異臭に、藤井さんは気付いた。鼻に衝く何ともいえぬ悪臭。それは吐き気をもよおすほどだったと覚えている。地下鉄は屋外と違って、空調も快適とは言えない。よくあることだ。

しかしその当時、社会を揺るがすほどの物騒な事件が起きていた。それに翌日の運行に影響されても困る。藤井さんはすぐさま臭いの元を探し始めた。

（汚物か、それともネズミの死骸でもあるのか）

臭いは風に乗り漂ってくる。藤井さんは鼻を頼りに臭いが強くなる方向へと向かっていく。やがて臭いの元らしき場所に辿り着いた。そこは何の変哲もない通路だ。近づくにつれ、さらに臭いが強くなる。

（ここだ！）

藤井さんは確信した。客のいない夜、異常に広く感じる通路の真ん中。足を進めていくと、思わず下に視線をやってしまった。床に、何か大きなものが見えたからだ。

不審物か……？

一瞬、藤井さんに緊張が走る。そして思わず声が漏れた。

「人だ……」

乗客が体調を崩して倒れているのかもしれない。すぐさま近づこうとしたが、自然と足が止まる。すぐにそれは人ではないと分かったからだ。痩せ細り、鼠色の肌をした〈ひと〉のようなもの。男か女かも分からない。頭髪のない頭を両手で抱え、まるで悩み嘆き懺悔するよう、顔を床に擦り付けている。

加えて、悍ましいほどの臭気を放ち、その場から微動だにしない。

（声をかけては絶対に駄目だ……）

藤井さんはたじろぎ、踵を返そうとする。

すると知らぬ間に、隣に同僚が立っていた。不気味な表情で笑い、藤井さんを凝視している。

「お前も臭ったのか?」

彼はニタニタと笑いながら、そう呟いた。意味が分からぬ恐怖に、藤井さんの額からは汗が滴り落ちる。はっとして振り返ると、あの〈ひと〉のようなものは、臭いと共にいつの間にか消えていた。

藤井さんは得体の知れないモノだけでなく、同僚にも恐怖を感じてしまった。それ以上は何も話さず、逃げるようにその場を立ち去った。

それからも終電後、しばしば駅構内からあの臭気を感じる時があった。けれど藤井さんは決して近づかなかったそうだ。なぜなら、その度に同僚が嬉々とした表情で、あの日の場所へ向かっていたからだ。

あの悩み懺悔している姿の正体を、同僚だけは知っていたのかもしれない。

ワンナイ

明香里さんは数年前、夜遊びに明け暮れていた時期があった。性に奔放な性格であり、繁華街やクラブで見知らぬ男に声をかけられては、共に夜を過ごす。

よく言われる、「ワンナイトラブ」というものだ。場所は決まってラブホテル。彼女のポリシーとして一期一会は絶対だった。だから男と連絡先も交換しない。相手の年齢や体型も毎回違う。

「男と寝るなら金に変えろ」

知人に風俗も勧められたが、金が欲しい訳でもなかった。今思えば、自傷行為に近く、心の安定を図っていたのかもしれない。

その日も彼女は、行きつけのクラブで男漁りをしていた。以前相手をした男に声をかけられたりもしたが、適当にあしらっていく。そのうち面識のない男に声をかけられた。どうせ目的はお互い一致している。

話もそこそこで終わらせ、クラブを出ることにする。二人で歩きながら、ラブホテルを物色する。週末のためか満室が目立っていた。明香里さんは歩き疲れ、段々と気持ちが萎えていくのを感じていた。

男も彼女の雰囲気と表情に気付いたのか、萎えさせまいと話しかける。その必死な様子にちょっと笑ってしまう。

「よし、じゃあ奮発して高いところにしよう!」

男は彼女の手を引き、その繁華街では珍しく、とても綺麗なホテルへと向かっていった。これまで数多くの場所に宿泊してきた明香里さんだが、そこは初めてだった。汚いところよりは、綺麗なところの方が良い。徐々に彼女の機嫌も良くなっていく。

部屋に入ると思った以上に広く、綺麗だった。珍しくテンションが上がり、一緒に風呂に入る準備を始めることにする。バスルームも広い、沢山のノベルティや、マットなども置いている。ある種のプレイも楽しめるような場所だ。二人ではしゃぎながら湯が溜まるのを待った。浴槽に湯が溜まり、男が先に入り身体を温める。明香里さんはシャワーで身体を洗うため、背を向けた。

するとと男が話しかけてきた。たわいない世間話かと思ったが、違った。

「二人で沢山色々な所へ行ったよね。楽しかったね○○ちゃん」

一瞬、思考が停止する。呼ばれた名前が違う……。それに話の内容の意味も全く分からない。明らかに噛み合わないのだ。

(酔っているの？　でも、さっきまでちゃんと話していたのに)

バスルームで反響しているせいか、声が先ほどと違って聞こえる。

彼女は適当に流して答えていき、その間、また考える。

(もしかして以前、寝たことがあっただろうか……)

頭をフル回転するが、思い出せない。身体を洗い終わり、男がいる浴槽の方を向いたところで、思わず声を出してしまう。

「きゃっ」

目の前の男が、別人に変わっていた。中年の冴えない小太りの男が浴槽に入っている。

明香里さんは自らの目を疑った。もしや自分が酔っ払っているのだろうか？　いやそんなことはない。しかし、ここで動揺して叫び声でもあげたら何をされるか分からない。

明香里さんは平静を装い、話を合わせる。別人に変わったその小太り男は、興奮してきたのか、どんどん語気を強め、彼女に話しかけきた。

「今度こそ一緒に行こうね。あっちにさぁ、○○ちゃんとなら寂しくないよ」

(こいつはヤバい奴だ、より一層、意味の分からぬ言葉を吐いてきやがる)

そこから一気に恐怖心が芽生えてきた。とにかくやり過ごさねば。明香里さんは浴槽に入らず、適当な理由を告げてひとまずバスルームから出た。

「何でこっちに来てくれないのぅ」

小太り男は後ろ髪を引くような声を出してきた。そして彼女を追うように浴槽から出る音がする。

(逃げられないか……)

覚悟を決めつつも、顔は青ざめ、足が震えるのが分かる。バスルームから男が出てきた。その瞬間、彼女はまたもや大きく声を出していた。あの小太り男ではない、先ほどまで一緒にいた若い男が出てきたからだ。

恐る恐るバスルームを見るが、先ほどいた小太り男の姿はない。明らかに動揺してしまう。そんな不審な挙動をする明香里さんを見て、彼は困惑した表情を浮かべた。浴槽から何を話しかけても、明香里さんの反応が鈍い。さては機嫌でも損ねたかと思い、急いで出てきたのだと話す。

男の話を聞き、彼女もたった今起きたことを伝えてみる。信じてもらえないかと思ったが、男も青い顔で気味悪がり始めた。結局、話し合い、早々にホテルを出ることとした。悪いとは思いつつ、その若い男とはそれっきりだそうだ。

その後、あのラブホテルの一室で、無理心中を図った男女のカップルがいたという話を聞いた。女は生きながらえ、男だけが亡くなったそうだ。明香里さんが見た中年男は、その亡くなった人物だったのだろうか。

彼女はそれから、ワンナイを控えている。

マッチングアプリ

瑠璃の家庭環境は劣悪で、中学を卒業した後は、殆ど自宅へ帰ることはなかった。進学やバイトもせず、男や友人の家に転がり込む。そのうち遊ぶ金欲しさに、身体を売るようになった。頭も要領も悪い自分にはそれしかできない。そう思い込み、相手を探しては身体を売るのが日常だった。

そのうち悪い大人にそそのかされ、新宿でたむろするようになる。繁華街で自分と同じ境遇の少年少女と集まり、薬や酒で時間を浪費した。金を稼ぐにはマッチングアプリが手っ取り早い。その日も連絡を取り合った男に会うため、ある場所へ向かった。そこは新宿からかなり離れた場所だった。いずれにせよやることは決まっている。金額が良ければどこへでも向かうのが瑠璃の生き方だ。

待ち合わせ場所に現れたのは、とても清潔感のある若い男。

(当たりだ)

瑠璃は少しばかり安堵する。店で働いている訳でもなく、人を選べる立場でもない。時折、とんでもない輩を相手にすることもあった。騙されて逆に金を盗られてしまったこともあったし、時には恐喝や暴行も受けた。

（この男は安全そうだ）

男は梶原と名乗り、物腰も柔らかだ。瑠璃はこの男にどこか安心感を覚えていた。そして挨拶もそこそこに、言われるがまま相手の運転する車へと乗り込んだ。目的地は男の自宅アパートだ。

（ホテルを利用しないのか、意外とケチな男だな）

最初の印象が良すぎたからか少し落胆する。けれど文句も言わず、窓から流れる見知らぬ田園風景を眺めた。その間も楽しげに梶原は瑠璃に話しかける。

（金さえ貰えれば良いや）

梶原が自分に向けた猫撫で声を、作り笑顔で聞き流す。

二十分ほどで目的地に着き、狭い駐車場に車を停めた。窓から見えるアパートの外観は思ったよりも綺麗だ。車から降り、手を繋いで促されるまま二階への階段を上っていく。部屋の玄関ドアを開けると、廊下は暗闇に包まれていた。電気も点けず、手を繋いだまま奥へ奥へと連れて行かれる。暗闇のせいで何も見えず、冷たいフローリングの床に直に座らされた。

そして梶原は「ここでジッと待っていて」と彼女に話す。瑠璃は真っ暗で何も見えない状態で座り込む。どれほど待っただろうか。梶原はいつまで経っても戻ってこない。不安よりも苛立ちが募ってきた。しかし、待てと言うのだから仕方ない。

（ここまで来たのだ、金さえ貰えば我慢してやる）

そんな気持ちで怒りをグッとこらえた瞬間、背後から気配を感じた。

瑠璃のうなじに吐息のようなものがかかる。思わず「ヒェッ」と声をあげ、彼女は立ち上がり振り向いた。

「逃げてぇ」

目の前から女の悲痛な声が聞こえ、それと一緒に生温かい吐息が鼻にぶつかった。彼女は驚き、電気のスイッチを手探りする。けれどスイッチはどこにも見当たらない。所持しているスマホのライトで部屋を照らす。そこには家具も一切ない。全てが黒に統一された無機質な部屋だった。加えて窓全てに目張りをされている。まるで漆黒の箱の中にいるような感覚。

それが異常な空間だと瑠璃は気付く。どこを灯りで照らしても、あの声の主は見当たらない。狭いワンルームにポツリと瑠璃だけが佇む。そして脳が「バグる」という感覚に襲われた。恐怖以上に（ここは危険だ）という感情が溢れ出てきたからだ。慌てて部屋を出る。

部屋を離れしばらくした後、梶原から夥しい数の着信がスマホへかかってきた。結局その通話ボタンを押すことはできず慣れた街、新宿へ戻った。あの部屋で聞いた声の主は一体何者なのか？　また梶原はなぜ、自分を部屋で待たせていたのか？　謎は謎のままだが、もはや自分には関係がないことだ。彼とはそのまま連絡を絶った。瑠璃は懲りずに、いまだ見知らぬ男に身体を売り、日々を凌いでいる。

放蕩息子

貴美子さんは少し前に息子を亡くした。タバコを日に何箱も吸い、酒を浴びるほど飲む。典型的な放蕩息子だ。不摂生な生活を長年続け、体調不良もしばしばある。それでも自分の健康に気を使わず、やりたい放題をしている。

ある時、あまりの奔放さに貴美子さんは業を煮やした。強く叱責するが、全く響かない。悪びれもしない息子に、貴美子さんは心底呆れていた。それでも腹を痛めて産んだ子供、健康の心配もする。

結局半ば強引に、医者の元へ連れて行くことにした。検査の結果は最悪だった。

「酒かタバコどちらか辞めれば良くなります。辞めなければ命の保障はありませんよ」

医者は強く貴美子さんにも忠告した。それ見たことか。しかし息子は医者から聞いた話に、全く耳を傾けない。

「タバコも酒も死んでも辞めねぇからな」

そう言って小馬鹿にした笑い声をあげるだけ。何度説得しても効果はなかった。

その後も息子は身勝手な生活を続け、ある日ついに倒れた。そして憎まれ口も叩けず、あっさり亡くなってしまった。酷い内臓の病だった。

「私があの時もっと強く止めていればとね……」

貴美子さんは後悔する。だがもう遅い、息子は亡くなったのだ。ただ現在、その後悔は薄れている。

彼女は頻繁に息子の墓参りに行き、墓前で彼の好きだったタバコに火を点け、酒の缶を開ける。すると目の前のタバコがみるみるうちに燃え、灰が落ちる。それに目をやっていると、缶の酒が減っている。必ず、だ。

「俺が死んだのはタバコと酒が原因じゃねえ！　見てみろ、母ちゃん！」

息子がそう見せつけているような気がした。酒とタバコを死んでも辞めない。それを体現した息子に、貴美子さんは苦笑いしかできない。

父ちゃん

片平さんは神奈川県のある地域でホームレスをしていた。仕事や人間関係に疲れ、全てから逃げた。寝床がなく最初は公園を転々としながら凌(しの)いでいたという。ボランティアから食事を貰い、空き缶拾いで僅かばかりの現金収入を得る。そんな生活を続けていると仲間もできる。界隈のコミュニティでよく会う人物がいた。

皆から「父ちゃん」と呼ばれる男。

随分前からホームレスとして生活しており、彼を知らない者はいなかった。父ちゃんの大好物は「酒」だ。唯一の楽しみは、なけなしの金で買う酒で、そのせいで仕事や家族を失ったそうだ。

片平さんから見ても、父ちゃんはアル中にしか見えない。常に酔っていて、安酒を片手にベラベラと話していた。そんな父ちゃんが亡くなった。年齢的にも健康的にもこのところ限界が見えていた。悲しむ者もいたが、彼の死に納得している者達が大半だ。

父ちゃんの死からしばらくしたある日。変な噂を聞いた。彼が寝床にしていた場所に、幽霊が出るという話だ。片平さんは信じない。どうせ皆、酔っていたのだろう。父ちゃんはあんなに楽しげに生活していたじゃないか。成仏できない訳がない。

ところが、日毎に目撃証言は増えていく。幸か不幸か、片平さんの前には決して現れない。ホームレス仲間は父ちゃんを何とかして成仏させてあげたいと話し合う。片平さんは提案した。

「父ちゃんの好きな酒を置いてやればいいではないか」

皆それに賛成し、発泡酒を置くことにした。父ちゃんがよく飲んでいた銘柄だ。するとすぐに彼が化けて出る噂がピタリと止んだ。片平さんが半ば冗談で挙げた案が功を奏したのだ。けれどそれからしばらくして、また父ちゃんは現れた。それを聞いた片平さんが自腹を切り、缶の生ビールを供えると、また父ちゃんはパタリと現れなくなったそうだ。何とも現金な幽霊だなと片平さんは呆れ笑った。

「そんな出来事も父ちゃんらしいです」

供えた缶ビールは毎回、片平さんが美味しく飲んでいる。

黒いニーハイブーツ

都内在住の真帆さん。彼女はよく世間で話題にされている港区女子だ。上手く男性と付き合い、頻繁に食事やプレゼントを貰っている。僻(ひが)みや嫉妬か、何かと嫌味なことも言われているが、もちろん自分で仕事もしている。だから恥ずかしいとも思わない。

今しかない若さを武器にする、何が悪いのだ。そう彼女は開き直る。真帆さんはタワーマンションの高層階で生活しており、同世代の友人達はとても羨んでいる。

時折、その生活を見せつけるために自宅でランチパーティーを行うこともある。同じような生活をしている知人達を呼び、お洒落な料理を振る舞う。その光景をＳＮＳに上げて満足感に浸る。まさに至福の時間だ。この光景を見て、地元の知り合い達はどう思うのだろうか？　それを想像しただけで承認欲求が高まる。

そんなある日、ランチパーティー中に不可解な出来事が起きた。食事や会話も終盤に差し掛かり、片付けを始めた時だった。突然、玄関の方から声が聞こえた。

「待った？　入るよ」

明るく若い女の声。だが、聞き覚えのない人物の声だ。そもそもインターホンも鳴っていない。万全のセキュリティを誇るタワーマンションで、どうやってエントランスから入って来たのか。鍵はかけているが、不安が胸をよぎる。もちろんドアを開けられる訳がない。今日招待したメンバーは全員ここにいる。知人達の悪戯とも思えない。なぜなら皆、緊張し不安な表情をしているからだ。

真帆さんは不審に思い、恐る恐る玄関へ向かう。そして思わず目を丸くした。目の前に見慣れない、真っ黒で大きなニーハイブーツが鎮座していたからだ。この時、季節は夏。今日いるメンバーはミュールなどを履いてきている。どう考えても季節に合わない。

それに、知人達を出迎えた際にはこんなものはなかったはずだ。玄関の真ん中で不気味な存在感を漂わせる、黒いニーハイブーツ。戻ってこない真帆さんを心配し、知人達が玄関に集まって来た。全員そのブーツを見て表情がこわばる。

「あ、あたし達そろそろ帰るね……」

「待ってよ！　まだ帰らないで！　私を一人にしないでよ」

そんな問答をするが、軽薄なものだ。誰も足を止めてくれない。その薄気味悪さに、知人全員が彼女を残し、足早に帰っていった。

真帆さんは一人家に取り残され、玄関で立ち尽くす。目の前には相変わらず黒いニーハイブーツが鎮座し、存在感を増している。見ているだけで恐怖と気持ち悪さを感じる。たまらず付き合っている彼を呼びつけた。

「何だよ、これ？」

すぐにマンションへ現れた彼は、訳も分からずそのブーツを処分した。

（これで安心よ、きっとあの中の誰かにされた、嫌がらせに決まっているわ。私に対して、誰かが嫉妬しているのよ）

彼女は心の中で言い聞かせた。

あれから知人や、自分目当ての男達を家に誘っても誰も来なくなった。皆口を揃えて、「あなた以外の気配がする」と表情を固くして玄関で後退る。

真帆さん自身も時折、何者かの気配を家の中で感じることがある。あの黒いニーハイブーツの持ち主だろうか。見えぬ同居人を思い、真帆さんは恐怖で苦悩している。

リモート飲み会

都内在住の滝川さんは、同僚の田原や他の仲間達と毎日のように飲み歩いていた。一軒目二軒目と続いて、最後は必ず田原の住むマンションで飲むのが定番だ。

滝川さん同様、田原も独身で彼女もいない。だから気兼ねなく彼の家に雪崩れ込んでいたそうだ。ただ一つ気になっていたのが、田原の部屋が事故物件であることだった。先住者が高齢のため孤独死をし、その後すぐ彼が入居したそうだ。

田原は、特に気にもしていない。殺人ならいざ知らず、孤独死だ。しかも老人など怖くないし、何も見えない。そう嘯いていた。けれど滝川さんや他の仲間達は、どことなく違和感をこの部屋に持っていた。

まず、人の気配がするのだ。リビングで田原と向かい合って、酒を酌み交わす。すると彼の後ろを何かが通る。床を擦り、まるで這うように移動する何か。そんな気配や音だ。古いマンションではあるが、決してネズミや虫などではない。明らかにそれ以上の大きなものが彼の後ろを通るのだ。

音は田原の後ろを横切ったあと、少しするとパタリと止む。ちょうど部屋と玄関廊下を繋ぐドアの手前だ。いつも同じタイミングで。それが滝川さん達には不思議だった。そんな田原とも飲みに行く機会はさっぱりなくなる。きっかけはコロナ禍の影響だ。表立って飲み歩くことができず、フラストレーションが溜まる一方だった。そんなある日、リモート飲み会という言葉を知った。

「俺らもリモート飲み会してみないか?」

「いいじゃないか! やろうぜ!」

試しに二人だけで行うことにした。時間を合わせ、パソコン画面を開く。すると足の短い机の前で、座椅子に座る田原が映る。既に飲み始めていたのか、ほんのり顔は赤い。二人で他愛もない話をペラペラと話していく。久しぶりの飲みの席で、滝川さんも酒が進んだ。どれほど飲んだだろうか。

「ちょっと水分出してくるわ」

「トイレか? 我慢するのも良くないからな」

田原がトイレへ向かった。BGMもない。急に画面が静寂に包まれる。ふと、耳に音が入ってきた。テレビやラジオではない。

ズ……ズズ……ズズズ。

床を擦り這うような音。

滝川さんはすぐにピンときた。やはりまだあの現象は続いているのだ。久しぶりの体験に酔いも醒める。

一人でこの音を聞くのは初めてだ。「田原早く戻ってこいよ……」小言を呟き、不安になりながら彼を待つ。音はどんどん近づいて来た。そして画面の端から何かが映りこむ。

滝川さんの身体中からぶわりと汗が吹き出る。

田原以外、住人はいないはずだ。だが、そこには苦悶の表情を浮かべて床を這う老人が映っている。ゆっくりゆっくり、画面の端から端へ這い進んでいく。老人は廊下を繋ぐドアへ向かう。滝川さんはただそれを見つめることしかできない。

廊下へのドアは開いたままだ。そして画面端に何かが見切れ、立っているのが分かった。

（田原か？）

いや違う。長い髪だろうか？　画面から、それがゆらりゆらりと出たり入ったりしている。女だ。

けれど絶対に田原の同居人などではない。滝川さんには分かる。女は画面から半分だけ頭を出して下を向き、老人を見下ろしている。そして女の足元で、老人は苦悶の表情のまま息絶えるよう止まった。

そこで田原がトイレから戻ってきた。女を擦り抜け、老人を踏みつけ、座椅子に座る。

「滝川どうした？　顔が真っ青だぞ」

「お前見えないのか？」

「何が？」

どうやら田原には見えないらしい。パソコン画面には女が映ったままだ。俯いたままの女は不動で立ち続けている。

（いつかこっちを振り向くんじゃないか……？）

そんな恐怖に襲われた滝川さんは、適当に理由を付けてリモート飲みを終わらせた。田原はそれに対し、しきりと文句を垂れていた。

それからも田原からリモート飲みを誘われるが、滝川さんは断り続けた。そのうち諦めたのか、他の連中を誘っていたようだが、どうやら全員から敬遠されているらしい。理由は滝川さんと同じだろう。田原だけが気付いていない。なぜリモートのパソコン画面だけにあの老人と女の姿が見えるのか。因みにあの部屋に女が住んでいた経歴はない。

相乗り拒否

ある日の深夜、マンション住まいの田畑さんはゴミを捨てるため部屋を出た。自室は二階。マンション外のゴミ捨て場へ向かうため、エレベーターを使うことにする。

エレベーターのボタンを押そうとすると、五階のランプが点いており、下階に向かっている。

(ラッキー、ちょうどいいや) ボタンを押し、エレベーターが到着するのを待つ。

深夜とはいえ、相乗りなど珍しいことではない。

——チーン。

到着のベルが鳴り、ドアが開いた。けれども、そこには誰もいない。箱の中がいつもより広く感じた。

彼はそこに何か空恐ろしいものを感じた。理由は分からない。ただ、身の毛がよだつほどの恐怖であることは確かだった。全身に鳥肌が立ち、冷や汗が溢れ出る。

田畑さんはエレベーターに乗らず、階段を利用することにした。そのままエントランスを出て、ゴミ捨て場へ向かう。戻ってくると、時折見かけるマンション住人が、エレベーターの前にいて、ちょうど先ほど下ってきたエレベーターに乗っていった。挨拶をして、五階へ向かったそうだ。

やはり彼は乗る気になれなかった。あちらからすれば相乗り拒否に見えただろう。しかし、なぜかあの時のエレベーターだけは乗ってはいけない、そんな気がした。五階の住人を見送り、田畑さんは階段を使って二階の自室へ戻った。

翌日、五階の住人が亡くなったという話を聞いた。亡くなった理由も、どの住人かも分からない。

ただ一つ、あの日の深夜に出くわした住人を以後見かけることはなかった。田畑さんはそれをきっかけに別の場所へ引っ越すことを決めたそうだ。

愛知県名古屋市の、とあるワンルームマンションでの出来事だ。

バッカンの中身

　啓司さんは金属の回収買取、運搬をする会社の経営者だ。現場では銅や真鍮（しんちゅう）に加え、家庭から出たアルミ缶やスチール缶も買い取っている。ホームレスが道端に捨てられている、出所不明の金属類を持ち込んだりすることも日常茶飯事だ。元は父が起こした会社で、彼は三十歳を過ぎた頃に家業を引き継いだ。ある日突然、父が経営から退きたいと申し出たからだ。唐突な希望ではあったが、啓司さんは父の意見を尊重し了承した。

　それはある出来事が理由だった。

　その日も啓司さん親子は忙しく働いていた。彼や父の指示を受け、従業員が産廃で発生した屑鉄や、空き缶などを客から買い取る。集めた金属は大きな〈バッカン〉という鉄の箱に納める。頑丈で大きく、買い取った金属をどんどんそこに入れていく。近くに競合他社もいないことが功を奏し、小さな会社ではあるが、バッカンには大量の金属が投げ入れられる。気付けば一日で何箱も埋まっていくのだ。

　いつの間にか終業時間になり、啓司さんは従業員達の帰りを見送った。事務所にいるのは親子だけ。

作業所の方も人の気配を感じない。

「そろそろ帰ろう、明日もあるしな」

「俺が車を出してくる、親父はここで待っていて」

先に出て車を回してこようと鍵を握り締めたところで、大きな物音が事務所にまで響き渡った。作業場の方からだ。

ガシャ！　ガシャン――。

金属が床に落ちる音だ。

（誰だ？）

従業員は帰ったはずだ。最近は高騰した金属を盗もうとする輩もいる。金属窃盗団という奴らだ。

「親父、音聞こえたよな……？」

「あぁ、確認しにいこう。最近は物騒だからな」

啓司さんは父と一緒に音がする方へ向かい、鍵を開けて作業場に入った。電気は消えており、辺りは真っ暗だ。だが、確かに何かの気配を感じる。

「誰だ⁉」

啓司さんは声を荒らげて叫んだ。張り詰めた空気に親子の緊張感が高まっていく。

パタパタパタ——。

その瞬間、暗闇の中で何かが一斉に動いた。勢いよく風が二人の顔に当たる。

(この風の元は一体何だ……?)

啓司さんが恐る恐る電気を点けると、作業場が光に晒される。視界が明るくなった瞬間、彼は目を疑う光景にたじろいだ。

視線の先は、目の前のバッカンだ。みっちりと積み上げられている金属、その隙間から無数の「人の腕」が飛び出していた。

パタパタパタ——。

夥しい数の腕が手招きなのか、それとも助けを求めているのか? バッカンの隙間から飛び出し、激しく腕を動かしている。

それは啓司さん親子が視認すると同時に、ゆっくりと引っ込んでいった。

正体不明な存在に恐怖しながらも、啓司さんは勇気を振り絞って鉄の箱に近づく。

(今の、幻覚じゃないよな……?)

バッカンに積まれている大量の金属を取り出す。何の変哲もない鉄屑ばかりだ。底まで辿り着くと、そこに見慣れない物を見つけた。小さく古ぼけた塊。

それは沢山の腕を持つ、銅製の千手観音像だった。啓司さんが取り出すのを躊躇っていると、父がバッカンの中を覗き込んだ。そして千手観音像を赤子のように抱き上げる。

父は優しく啓司さんに像を手渡すと、千手観音像に向け、手を合わせた。

それから数日、父は何か思い悩む表情を浮かべていた。

そして仕事終わりに啓司さんを呼ぶと、ついに重い口を開いた。

「俺達親子は観音様に呼ばれたんだよ」

何かを噛みしめるようにそう呟くと、周囲の反対を押し切って経営を退いてしまった。

その後、日を置かずして仏門へ入ったという。

啓司さんも幼い息子が一人前になったら、父と同じ道を歩むつもりだ。結局、仏像の売主や持ち主は分からぬまま。

その小さな千手観音像は社長室に飾られている。

心変わり

愛知県に住む宇野さんはある日、婚約者と唐突な別れを迎えた。離別を伝えたのは彼からだったそうだ。けれども当時、婚約者と別れる理由が彼自身にも見当たらなかった。言葉通り「理由も分からず別れを告げた」らしい。それがとても不思議だった。

婚約者の名は梨子という名で、学生時代のバイト仲間だ。お互い徐々に心惹かれていったが、奥手な宇野さんはなかなか気持ちを伝えられないでいた。結局恋人として付き合ったのは、社会人になってからだ。性格の相性も抜群で、付き合ってからは、とんとん拍子に結婚の準備が進んでいく。

「一生を添い遂げる存在は梨子しかいない」

そう思っていた。

しかしある日、宇野さんの心の中で何かが変わった。

彼女への気持ちを、まるで糸が切れた凧のように見失ってしまったのだ。自分でも分からず動揺する。あんなに愛していたのに。

とにかく梨子と別れたい。

そんな言葉が頭の中を何度も駆け巡る。そこに寂しさや悲しさもない。沢山の思い出を抱えていたはずなのに、その感情がどこにも見当たらない。あるのはただただ焦燥感。今すぐ梨子と離れなければ――そんな使命感さえ溢れ出ていた。

彼女に連絡をすると、電話口から嬉しそうな声が聞こえた。近々、同棲場所を内見する予定を立てていたからだ。

宇野さんは唐突に別れを告げた。とにかく伝えねばと思ったからだ。

「梨子別れよう」

梨子は冗談だと思い、笑い声で吹き出す。そんな彼女に、宇野さんは真面目な気持ちで言葉を畳みかける。やがて梨子も異変に気付き、何度も彼に気持ちを確認する。

「嘘だよね……？　内見の予定を立てようよ」

「嘘じゃないよ。君とは一緒にいることができない。理由は分からないけど……」

当然、梨子は納得しない。何度も確認し、説得してくる。しかし、宇野さんも気持ちを翻(ひるがえ)すことができない。気持ちが冷めている、愛情がない。そんなレベルのものではない。

まるで何かの強い力に従わされている。そんな状態であった。

何かは分からない――。それに恐怖した。

宇野さんは納得しない梨子の声を振り払い、関係と連絡先を強引に絶った。友人にも冷たい人間だと責められるが、それでも感情は戻らなかった。

梨子と別れてしばらくして、友人から連絡がきた。彼女に新しい彼ができたという話だったが、それを聞いても何とも思わなかった。

それでいい。それでよかった――。やはり冷静な自分がいるだけだ。

友人は、彼を電話口で責め立てながら、さらに詳細を伝える。

梨子の相手は職場の同僚で、実は宇野さんと付き合っている時から、アプローチをされていたらしい。

「梨子そんなこと言ったことなかったけどな」

「お前に心配させたくなかったんだろう。それぐらい分かってやれよ」

友人は彼に毒を吐きつつ、説明を続けた。

別れて以降、何度か食事に誘われ、その結果付き合うことになった。

だが、交際を受け入れて十分もせず、同僚と別れることになったそうだ。

理由はその同僚の言葉だった。

有頂天になり、天にも昇るような嬉々とした声と表情で、梨子に今までの行為を伝えてきた。

「よかったぁ！　君が付き合っている間、毎日神社でお祈りしたおかげだよ。いや、縁結びじゃないよ？　縁切り神社でね。こんなに効果があるなんて、神様に感謝だ」

勝ち誇った顔だったそうだ。

この同僚の言葉を聞いた梨子は、すぐに別れを決意し配属先も変えてもらった。

（俺、呪われていたんだ）

宇野さんはあの時、突如起きた自身の感情の変化にようやく納得がいった。加えて諸悪の根源である、その同僚に対して憎しみが溢れ出した。けれどもう遅い。

あれから友人達が梨子に気を利かせ、何度か宇野さんと引き合わせようとしている。だが、必ずと言ってよいほど計画が頓挫する。友人や梨子も、何か神がかり的なものを感じ始めている。

「俺に対する呪いは、いまだ継続中なのでしょうね」

原因が分かった今も、梨子への愛情は戻っていない。

後妻さんの憂鬱

美南さんには随分と歳の離れた夫がいた。

歳の差ゆえ、娘と勘違いされ苦笑いすることも多かったが、二人の仲は良好だった。

しかし、夫婦は空前のスピード離婚をすることになる。理由は夫の先妻だ。先妻は病で亡くなっており、優しい夫は先妻のことをいまだ忘れてはいない。度々その思い出を美南さんに話すこともあり、彼女もそれを理解して結婚を決めた。

同居する場所は夫が先妻と過ごした自宅。正直それだけは気が進まなかった。二人の思い出の場所に足を踏み入れる、何とも後ろめたい。それに夫と先妻の間には達也という一人息子がいた。美南さんとさほど年齢に違いはなく、いわゆる義理の息子だ。互いに気を使い、微妙な関係でもあった。

ある日、達也が「この家を出る」と申し出た。それもそうだ。歳の近い義理の母と同居。官能小説でも最近は滅多にない。美南さんも気を使うことに疲れていた。その提案を耳にした時は、幾分ホッとしたそうだ。彼は自らを異分子と思うようになったのだろう。達也は家を出ることを決め、早々に荷造りを終えた。

ところが、土壇場でその話は頓挫することになる。家を出る前日に、達也が布団から出られない状態になったからだ。それは三日三晩続いた。

(一体どうしたのかしら)

流石に心配になり彼の部屋まで様子を見に行く。達也は仏壇のある和室を寝室代わりにしていた。ドアを開けた瞬間、仏壇が見える。仏壇の中には二本の蝋燭が左右に立てられ、両方とも火が点いていた。視線を動かすと、達也の横たわる布団が見えた。彼の首筋に何かが張り付いている。

——女の、頭?

なぜか美南さんは理解した。まるで愛おしい者に寄り添うよう、達也の首筋に頭を擦り付ける。それはザンバラ髪を揺らし、声を発していた。

「行かないで……置いていかないでぇ……」

か細く、懇願するような女の声。

美南さんはそれに向けて「誰……?」と尋ねる。

すると女の頭は彼の首筋から離れ、布団へ転がった。そのままコロコロと足元まで転がってきて、美南さんと目が合う。

それは歪んだ顔で涙を流す先妻の頭部だった。口をへの字に曲げ、悔しげに悲しげに泣いていた。そして驚くほどの速さで、仏壇の奥へ吸い込まれた。それと同時に、仏壇の左右に立てられた蝋燭が勢いよく消える。

美南さんはたった今体験したことを夫に伝えず、すぐさま離婚を提案した。夫は訳が分からず戸惑い、渋っていたが、時間をかけ何とか押し切った。達也も夫婦の離婚が決まった途端、体調が回復して起き上がれるようになった。彼自身はそれを随分と不思議がっていたそうだ。

「結局、私が異分子だったのでしょう。あの光景を見たら、先妻さんと一緒のお墓に入るのが憂鬱になってしまって。女の涙は武器だって、昔の総理大臣も言ってましたしね」

苦笑いをしながら美南さんは話す。

彼女は現在、別の男性と再婚して幸せな夫婦生活を過ごしている。その男性はもちろん初婚だそうだ。

仏壇

聖子さんの両親は恋愛結婚だった。当時、周囲は見合いでの結婚が多く、彼女の両親は特異な存在として見られていた。閉鎖的な地域で、家柄を重視する傾向が理由だったのかもしれない。

おまけに聖子さんの母は地元の出身ではない。土地の女性にはない垢抜けた雰囲気にも父は惹かれたのだが、祖父は母の存在を否定していた。昔の人間特有の、差別的な価値観。異物が血筋に入ってくることを強く拒み、決して受け入れることはない、そんな意思を母は祖父から感じていたそうだ。

しかし両親の気持ちは揺るがない。子供を授かれば周囲も認めてくれるに違いない。そんな願いのもと、一人娘の聖子さんが誕生した。そのおかげか、母に対する侮蔑的な視線は和らいでいく。

――祖父を除いて。

祖父にとって孫娘の誕生は、憎しみと怨嗟をより一層強くするだけのものだった。その影響で、聖子さんは物心付いた時から、祖父に恨み言を聞かされていたのだ。母への恨みが娘の彼女へ向けられた。

「お前にはあの女の汚らわしい血筋が含まれている、必要のない子だ」

「これ以上、奴の血筋を広げる訳にはいかない。それが私の使命だ」

幼少期の聖子さんはこのような言葉ばかりを浴びせられ、常に怯えた生活を送っていた。そんな恐怖の元凶の祖父が亡くなった。

正直なところ、聖子さんは祖父の死に安堵していた。毎日のように祖父から浴びせられる恨み言が精神的にもこたえていた。

だが、ホッとしたのも束の間にすぎなかった。

聞こえるのだ――。

葬儀も終わり、骨になったはずの祖父の声が。毎日のように聖子さんの耳元に向け、恨み言を呟いてくる。

「聖子、お前の血は穢れている」

「血筋をここで根絶やしにせねばいけない」

祖父が生きていた頃、何度も浴びせられた言葉。

(自分は頭がおかしくなってしまったのだろうか?)

祖父の死後も彼女の苦しみは続く。ところがある日、その恨み言がピタリと止んだ。

その日、聖子さんは父に仏壇の掃除を頼まれた。

(いまだに自分を恨んでいる祖父の仏壇をなぜ、世話しなくてはいけないの)

そんな不満を持ちながら作業をこなす。綺麗に掃除しようと、重い仏壇の裏まで手を回した。すると指に何かが当たった。紙のようなものか。

「何かしら?」

仏壇を少しずつずらしていくと、一枚の紙が貼られていた。

その紙には、荒々しく文字が走り書きされていた。

その文字を読んだ途端、彼女の顔は一瞬で青ざめた。

——○○家の血脈途絶えろ。

——○○聖子に子を授けてはならない。

自分の姓と名が禍々しいほどの筆圧で書き記されている。聖子さんはすぐに、その文字が祖父の筆跡だと理解した。

聖子さんはその紙を破り剥がし、ライターで火を点け灰にした。とにかく処分しなければばならない。そう感じたからだ。

その直感が功を奏したのか、あの日以来、亡くなっていてもなお続いていた、祖父の恨み言から解放された。自分の人生が、光り輝き始めると思った瞬間だった。

その後、一人娘だった聖子さんは婿養子として、今の夫を迎えた。家の血筋を途絶えさせぬようにとの思いだった。

ところが、どんなに努力しても妊娠までは至らない。それどころか体調も思わしくなくなり、家族の勧めで病院の診察を受けることにした。結果、重い子宮の病を通告されたそうだ。

「子供を産めぬ身体だそうです。私の勘違いでした。祖父は願いが成就したから、恨み言を止めたのでしょうね……」

そう彼女は力なく話した。

夫と二人でこの家の血が途絶えるところを見届けるつもりだ。

水たまり

小宮さんは業界新聞社の記者として長年働いている。内容は医療分野で、取材相手は主に医者や薬剤師だ。病院やクリニックなどへ頻繁に顔を出し、取材を行う。そんな彼がある場所での怪異体験を話してくれた。それは都内のあるクリニックでの出来事だ。

小宮さんはそこの院長と仲が良く、取材を名目によく出入りしていた。診療時間終了後は情報交換という雑談を行い、時間を潰すのが常だ。その日も院長と他愛もない話をした後、クリニックを出た。すると入口に三十代前後の女が立っていた。時間は既に二十二時を過ぎている。明らかに営業時間外だ。クリニックには院長しかいない。

（院長の家族だろうか？　娘さんがいるとは聞いてなかったが）

つい疑わしい関係を想像してしまう。小宮さんは大きく戸惑う。その女の全身がびしょ濡れなのだ。まるで豪雨に遭ったかのようにずぶ濡れだ。服だけではない、肌や髪の毛からも滴がしたたっている。当然雨は降っていない。空に雲一つもない。

（汗か？　いや違う……）

女の身体中から汗ではない、透明な何か別のものが溢れ出ている。彼女はどれぐらい立っていたのだろうか？　足元に目をやる。それは地面に滴り落ち、とても大きな水たまりを作っていた。それが平面なコンクリートの地面に広がり、小宮さんの爪先まできている。女は虚ろな目で小宮さんを見つめた。どこか思い詰めているような表情だ。彼はその気まずさから思わず声をかける。

「ここのクリニックの患者さんですか……？」

「違います……」

女は彼の言葉を弱々しい声で否定し、目の前を通り過ぎた。小宮さんは反射的に後ろを振り返る。するとたった今、通り過ぎたはずの女の姿がない。小宮さんは起きた出来事を理解できない。するとクリニックから院長の大きな声が響いた。

「何だ、これは!?」

その声を聞いた小宮さんはすぐさま中へ戻る。

ピシャリ――

靴底が軽く沈むことに気付く。足元を見ると、そこには大きな水たまりがあった。院長は呆然と立ち尽くしている。

（あの女か？）

狭い院内を見渡すが誰もいない。

院長に誰か入ってきたかと尋ねるが、首を大きく振り否定された。仕方なくその水たまりをモップで拭き取る。それは何の変哲もない水たまりだった。

小宮さんはそれからも度々、クリニックへ顔を出していた。頻繁にあのような出来事が起きるのか、モップとバケツが常に用意されていた。しかし結局、どこから溢れ出ているものか分からない。院長はそれに悩み、頭を抱えていたそうだ。

因みにそこは何の変哲もない皮膚科クリニックだ。不思議なことに院長の代替わり後、その現象はピタリと収まったと小宮さんは話してくれた。

幸せな場所

北村さんは高校在学中、同級生を亡くした。名は光子という女子で、おかっぱ頭で物静かな子だった。挨拶する程度の仲であったが、訃報を聞いた時は驚き、ショックだったことを覚えている。同世代が突然亡くなるその出来事に、ある種の非日常を感じたからだ。決して頭の良い学校ではなく、光子は悪い人間達にカモにされていた。

ある日、「学校が辛い。もっと楽しく幸せな場所へ行ってきます」そんな文字を記した遺書と一緒に、光子の亡骸が見つかった。繊細だった光子の精神に限界が来たのだろう。彼女が亡くなっていた場所は、北村さんもよく利用していた通学路。澱み薄汚れた汚い川だ。周囲には強い生臭さが立ち込め、通るもの全員が鼻をつまみ、足早に通る場所だった。水面に潜んでいる蛙の鳴き声が不気味に聞こえ、好きになれなかった場所。

北村さんも「早くここを離れたい」そんな気持ちで足を速めていたそうだ。光子が亡くなってからはもう、そこを通ること自体を止め、迂回して通学と帰宅をするようになった。

あの黒く澱んだ川を見ると、光子を思い出す。

（ここが楽しい場所な訳がない）

そう哀れみの感情を抱いたからだ。気付けば彼だけでなく、学生の殆どがそこを通らなくなった。

その後、北村さんは高校を卒業し、他県の大学へ進学した。社会人になると地元へ帰る機会も減る。けれども結婚を機に、また慣れた地元へ戻ることになった。久しぶりの地元は様変わりし、彼が学生だった頃とは見違えた。当時の記憶を辿り、懐かしい道を一人歩く。皆で集まったファミレス、当時の恋人と通った喫茶店。巡る場所ごとに懐かしい思い出が蘇る。いつの間にか夜も更け、自宅へ戻る帰り道。あの澱んだ川の前を通った。

（ここだけあの頃と変わっていない……）

薄汚れた水、鼻に衝く刺激臭と蛙の鳴き声。北村さんはふと光子のことを思い出した。

すると——。

「ねぇ」

橋の下から誰かに突然声をかけられた。

（まさか）

彼は困惑しながら首を伸ばす。橋の下は澱んだ水面と、そこに浮かぶゴミや枯葉が見えるだけ。ただ水面がブクブクと泡立っている。

「こんな汚い川に魚でもいるのか？」

しばらく見つめる。すると何かが泡と一緒に浮かび上がってきた。水面から顔を出す蛙のように。それはヘドロ塗れの少女の頭。北村さんは一切声を出すことができない。

その浮かび上がった頭は、死んだはずの光子そのものだったからだ。ゴミと黒いヘドロで薄汚れた彼女の顔は、爛々（らんらん）とした目で北村さんを凝視している。

「ここは楽しいよぅ」

嬉しそうに言葉を放った。

すると光子は満足げな表情を浮かべながら頭を沈め、川の底へ消えていった。北村さんはただそれを見つめることしかできなかった。

彼は今でも時折、その川を通る。あれ以来、光子が姿を現すことはない。聞こえるのは不気味に響く、蛙の鳴き声だけ。それでも。

ここが、彼女の「幸せな場所」だったのかもしれない。

そう思うと今でもやるせないのだと北村さんは話を結んだ。

桑野です！

康成さんは高校時代、水泳部だった。彼の所属する部は長い伝統があり、強豪校でもあった。ゆえにとにかく練習がきつい。朝と夕の練習に欠かさず参加し、大会を目指す。人数も多く、部員達が黙々と泳ぐ姿は壮観でもある。

一方で、練習の終了時間は厳格に決められていた。十九時には必ずプールから上がらなければならない。それは絶対だった。

その時間が近づくと顧問は異常にピリピリし始める。何の焦燥感か知らないが、見ていて分かるほどに落ち着かなくなるのだ。大会に向けてモチベを上げている部員達からすると、いい迷惑だ。顧問はなぜ、十九時以降に練習してはいけないのか。康成さんには甚だ疑問だった。

あれは三年生の最後の大会の一週間前のことだ。康成さんは記録が伸びずに焦り、苛つきが募っていた。圧倒的に時間が足りない。そう感じていたからだ。しかし部活の終了時間のせいで、練習を増やすこともできない。

成果の上がらない現状に焦りながらも、仕方なく他の部員達と部室へ戻る。途中、珍しく顧問がいないことに気付いた。

(バレるまで泳いでしまおう)

康成さんは他の部員達の目を盗み、何食わぬ顔をしてプールへ戻ることにした。罪悪感などなかった。とにかく練習がしたい。そんな気持ちだ。

プールサイドに辿り着くと、声が聞こえてきた。室内に轟くほど大きな声だ。

(誰かが溺れているのか)

水をバシャバシャとさせ、声を出しているからだ。康成さんは不安になる。急いで飛込み台からプールを眺める。真ん中に何かが浮いているのが分かった。人ではない大きな塊。それは人の形をしていない、まるで肉の塊だ。口や鼻も見当たらず、四肢がない。歪な大きなピンク色の肉の塊。それが激しく動いている。

「桑野です！　桑野です助けて！」

まるで口に水を含んでいるような、叫び声をあげている。それを見た、康成さんは驚き立ちすくむ。ただ慄然としてその肉塊を見続けることしかできなかった。

桑野と名乗るその肉塊は、助けを叫びながらゆっくり沈んでいった。水面の揺らぎが全くないことが不思議だった。その光景を見た彼は、逃げるように部室へ戻る。そこには顧問が一人で座っていた。

「見ただろお前？　桑野を……誰にも言うなよ」

顧問に強く念を押された。康成さんはその言葉に強く頷く。

桑野という存在について尋ねるが、「俺にも分からない」とだけ顧問は答えた。

ある日、突然十九時以降に現れるようになったらしい。自分を「桑野」と名乗り、助けを呼ぶ肉の塊。歴史ある水泳部の設立以来、桑野という部員がいた記録は一切ない。

因みに、その夏の大会結果は散々だったそうだ。

落第者

正行さんは高校時代、典型的な劣等生であった。授業を真面目に受けても、内容が頭に入っていかない。定期テストを受けても毎回赤点だ。

運動は得意ではあったが、スポーツに力を入れていない彼の高校では、それも意味がない。学年末になる度、自分の散々な成績を見ながら、進級できるか心配をする。何とか三年生まで上がった卒業前の冬。正行さんは卒業できるかの瀬戸際にいた。本来なら形だけのテストで終わるはずだ。しかし正行さんのテスト内容は、絶句としか言いようがない。担任から心配され、発破をかけられる。友人達の彼に向ける視線も、哀れみに変わり、正行さんは徐々に切羽詰まった心境に陥っていた。

そんなある日、特例で彼だけの再テストが行われることになった。教師達の優しさだろう、テストの内容は全て前回と同じ。正行さんは死に物狂いで、指定された科目の答えを暗記する。

友人達も「これで駄目ならお前が悪い」と冗談交じりに笑ったそうだ。再テスト当日。

彼自身、現状を理解していたからか、異様な緊張感を持って挑んだ。

教室には正行さんと、教壇に立つ試験監督のみ。彼の座る一番前の席に、テスト用紙が配られた。後ろを振り向くと、誰もいない机と椅子がびっしりと並んでいた。

テストが始まると、自分のシャーペンの音だけが響く。最初はスラスラと問題が解けていき、幾分気持ちに余裕ができる。すると後ろから、小さくボソボソと相談するような声が聞こえてきた。それも二人。

「この問いの答え、一二五〇年だよな」

「そうそう、簡単だよこんな問題、分からない奴なんているのかよ」

まるで茶化すかのように会話している。ちょうど正行さんが解いている問題だ。

(あれ？　暗記した答えと違うぞ)

続いて後ろの声は、他の問いの答えについても口にした。正行さんが覚えた答えとは全く違うのだ。

後ろを振り向こうとするが、教壇に立つ試験監督にカンニング扱いされても困る。いっそのこと報告してやろうか。そんな考えも浮かぶ。だが、自分と同じ場所にいるのだ。落第ギリギリの生徒かもしれない。そう思うと何も言うことができない。

それが段々と焦りに変わり、落第という二文字がよぎってくる。

（あれだけ暗記したのに……）

シャーペンを握る手から汗が噴き出してきた。暗記に力を注いだのだ。自分を信じ、後ろから聞こえる声を無視する。

ちょうど答案用紙の穴を全て埋めたところで、声はピタリと止んだ。そしてテスト時間が無事終了した。ムッとした表情で、すぐさま後ろを振り返った。そこには誰も座っていない。先ほどと同じよう、机と椅子がびっしりと置かれているだけだった。試験監督が正行さんの答案用紙を集める。

「すみません……僕以外にテストを受けた生徒いましたか？」

「何を言っているんだ！　お前のための再テストだぞ」呆れ声で返事をされた。

何だか狐や狸に化かされたような気分になる。その後、テストの結果は良好で無事に卒業が決まった。因みに後ろから聞こえた声の解答は、全て間違いだった。

正行さんはあの時、自分を信じて良かったと話す。もし自分を信じず、後ろの声の回答を真似ていたら、落第していたかもしれない。

成人した正行さんは時折、話の種として職場の人間にこの出来事を話すことがある。その度、「落第した生徒の亡霊だろ」と茶化される。

因みに正行さんの高校は、彼の代から始まった新設校だった。そのため落第者は一人もいない。

学校の怪談

小泉さんが子供の頃に通っていた小学校。そこにはいわゆる、「開かずの教室」という場所があった。旧校舎一階、一番奥の教室で、隣は給食室があった。それが理由で、子供達が普段そこを通ることはない。廊下は電気も点けておらず、いつも暗闇のまま。教室のドアさえも見えなかった。

殆どの生徒達も薄気味悪いと、近寄らない場所だった。まさによくある学校の怪談だ。それを聞いていた小泉さん自身も、その日まで近づくことはなかった。

小学五年生に上がったばかりのことだ。クラス担任の戯（たわむ）れで、授業中に怖い話をしてくれることになった。小泉さんを含め、クラスの子供達は喜び、心を躍らせる。けれど結果は期待外れの内容に終わる。

担任が話してくれた内容は誰しもが知る、開かずの教室の話だったからだ。クラスメイト達が戯（おど）けつつ、担任より先にオチをバラしてしまう。担任は困った顔をするが、それに関係なく皆が騒いだ。

その日の放課後。友人と話していると、開かずの教室の話題が出た。

あの場に誰も入ったことがないならば、自分達が最初の一人になろう。それを成し遂げたら、クラスのヒーローにもなれる。そう意気込み、小泉さんは友人を連れて教室へ向かった。

放課後の誰もいない暗い廊下。独特な雰囲気で気味が悪い。教室の前に辿り着くが、実際に入れるかどうかは分からない。彼はダメもとで扉に手をかける。

扉は呆気なく開いた。鍵はかかっていなかったのだ。恐る恐る中へと足を踏み入れる。薄暗く、殺風景な教室だった。机も椅子もない。ただ、隅に一つ金庫が置かれていた。電気を点けてみると教室の広さが際立ち、思ったよりも金庫は小さいことに気がついた。

「何が入っているんだろう？」

小泉さんと友人は金庫に興味を持った。

教室は随分と清掃されていないのか、カビと埃の臭いが充満している。思わずむせてしまったが、二人は窓を開けることもなく、真っ先に金庫へと向かっていく。小泉さんが一番に、金庫の扉へ手をかけた。

ガチャリ——

「不用心だな」

教室同様、金庫も鍵は開いていた。

金庫の意味があるのかと、子供ながらに呆れた。思ったよりも扉は重い。

(金塊とか入っていたら面白いな)

そんな子供らしい考えを頭に浮かべつつ、ゆっくりと扉を開いた。

チラリと見えたのは布のような物。

その瞬間、小泉さんは驚きのあまり気が動転し、我先にと、廊下へ駆け出していた。その尋常でない様子に、恐怖が伝染したのか友人も慌てて小泉さんの背中を追いかけてきた。

そのまま一気に走り抜け、校庭まで辿り着いた二人は、息を切らして地面に座り込んだ。

「おま、いきなり、どうしたんだ、よ……っ」

小泉さんは金庫の中身をはっきりと見ていた。

昼間、開かずの教室の話をしてくれたはずの担任が、歪に折りたたまれ、押し込まれたような形で金庫の中に入っているのを。あの顔は絶対に担任だった。そして血の気のない顔でジッと小泉さんを見ていたのだ。

しかし、友人は全く彼の話を信用してくれなかった。

「俺も金庫の中を見たぞ！　空っぽだったじゃないか」呆れた顔をしながら反論する。

「俺は絶対に見た！　先生が金庫の中にいたんだよ。信じてくれよ」

小泉さんは信じてくれない友人に苛立つ。かといってもう一度確認する勇気もない。もしかしたら担任が、自分達を驚かそうとしたのかもしれない。

（明日、怒られることを覚悟して確認しよう）

その日はそれで帰ることにした。


翌日、勇気を振り絞り、担任に昨日の話をする。担任は小泉さんの告白を聞くと、みるみる顔が赤くなった。

「俺はあの教室なんて行ってないぞ、お前ら放課後に何をやってるんだ！」

凄い剣幕で叱られる。結局、小泉さんの伝えた話は全否定をされた。一緒に説教を受けた友人は、「それ見たことか」と、終始小泉さんに恨み節だったそうだ。

それから一度もあの教室へ行くことはなく、小泉さんは小学校を卒業した。

「まさに学校の怪談を体感した瞬間でした。でもあの時に見た先生は、生きているようには見えなかったなぁ」

小泉さんは、いまだにあの光景が不思議だという。

現在、小泉さんの子供も自分がいた小学校に通っている。何の気なしに、開かずの教室の話をしてみると、その噂はまだ残っているらしい。

ただ、教室にある金庫には、見知らぬ男が入っているという噂が追加されていた。

それを聞き、小泉さんは「やはり自分が見たものは現実だった」と再確認したそうだ。

因みに当時の担任はご健在で、今でも別の学校で教壇に立っている。

言いわけ

高原さんは妻に日々嫌味を言われ続けている。結婚して数年が経過し、体型が変わったからだ。若い頃はスリムでモデルのような体型だった。だが最近は、日頃の運動不足で見るにたえない姿になってしまった。何とか改善しようにも、羞恥心が先に出る。弛(たる)んだ身体を日中曝(さら)け出し、運動することに気が引けるのだ。

「それならせめて夜中に……」

しかし、ジムに行く金を妻にせがむことはできない。

「うちにそんなお金の余裕はないからね」

妻の冷たい言葉が、脂肪に包まれた胸に刺さる。教育費も家計を圧迫する。一念発起し、高原さんは真夜中の公園でトレーニングを開始することを決めた。

公園にある、遊具を使った自重トレーニングと走り込み。これなら金もかからない。

（妻を見返したい！）

密かに決意を固める。休みの前日にトレーニングを定期的にすれば、すぐにあの頃の体型に戻れるはずだ。時間は深夜零時過ぎ、意気揚々と公園へ向かった。辺りに人は見当たらない。真っ暗闇な道路を歩いていると、公園の入口が見えてきた。すると急に背後に気配を感じた。首を回して振り返ると、遠くから何かが向かってくるのが見えた。

(何だろう？)

狭い道にケラケラとした笑い声が響く。子供の声だ。立ち止まって様子を窺うと、暗がりの奥から、自転車に乗った小さな女の子がこちらへ向かってくる。それもゆっくりとぎこちなく。

(こんな時間に？)

高原さんは驚いた。周囲にその女の子以外、誰もいない。親らしき人物さえも。

女の子は自転車に乗ったまま、彼の前を通り過ぎようとする。

「お嬢ちゃん！　一人でどこへ行くの？」

高原さんが声をかけた。

すると女の子は自転車をピタリと止め、ゆっくりと彼の方へ顔を向ける。そして公園の方を指さした。

「ぎゃあ！」

それを見た高原さんは大きく悲鳴をあげてしまう。女の子の目と口は、暗闇に包まれた洞窟のように深く黒かった。彼女は指を下ろし、またフラフラと自転車を漕いでいく。高原さんは地面に座り込み、震えながら少女の後ろ姿を見送る。

小さな背中が公園に入っていった瞬間。

ガチャンッ。

自転車と女の子が突然倒れた。

高原さんは勇気を出して立ち上がり、公園へ向かった。そこには倒れた小さな自転車だけが置かれていた。女の子の姿は見当たらない。

(とんでもないものを見てしまった……)

高原さんはその光景に恐怖し、大量の冷や汗をかいたまま自宅へ走って戻った。その汗まみれの姿を見た妻は、感心した表情で笑みを見せた。

「やればできるじゃん」

妻は上機嫌で褒めてくれたが、高原さんはその日以降、真新しいトレーニングウェアを着ることはなくなった。

「あんな怖い思いは二度としたくない」

彼は妻から、嫌味を言われ続けることを選んだ。因みにあの公園には、不穏な噂など一つもないそうだ。

高原さんの体型は変わらぬままである。

放置自転車の末路

林田さんは神奈川県のとある大型スーパーで警備員をしていた。日中から閉店後の夜にかけて勤務する。トラブルも他の現場に比べ、滅多に起こらない。加えて多忙な時間もほんの少しの間だけ。林田さんにとって、大変働きやすい現場であった。

けれども唯一、問題視していたことがある。それは「放置自転車」だ。駐輪場に長い期間、捨て置かれている自転車達。処分をしても、また新たに加わる。

放置禁止の看板を立て掛けても全く無意味。営業時間中に捨て置かれ、立ち去られると注意するタイミングもない。毎晩閉店後、林田さんは散らばった放置自転車を駐輪場の片隅に纏めていた。そして一定の量が集まると業者へ受け渡す。

受け渡すのは数ヶ月に一度。毎回数十台の自転車が、駐輪場の片隅に追いやられていた。

無責任な持ち主者達には呆れるほかない。

ある閉店後の夜。林田さんは店内の見回りを終え、最後の仕事に取り掛かった。駐輪場の点検だ。翌日の朝、放置された自転車を業者が引き取りに来るからだ。駐輪場を隈なく確認しながら歩いていると、何やら音が聞こえてきた。

　カラカラカラカラ――。

(車輪が回る音だ)

　その音は広い駐輪場に慌ただしく響き渡っている。既にスーパーは閉店しており、周囲には誰も見当たらない。音の先には放置自転車しかない。林田さんは暗闇の中、音が聞こえてくる方へゆっくりと近づいていった。距離が縮まるにつれ、音の激しさは増していく。

　カラカラ！　カラカラカラカラ――。

　林田さんはその音の勢いに、思わず足を止めた。まさに轟音だ。目の前には大量の放置自転車が見えるだけ。古く錆びついた物ばかりだ。中には子供用の小さな物や、横倒しになって積まれている物もある。

　その自転車達から「この場を離れたい……！」そんな感情が滲み出ているのが分かった。誰一人乗っていない自転車。けれど車輪とペダルが回転している。それも物凄い勢いで。

　林田さんは驚きつつも近づいていく。すると彼の気配に気付くように車輪の回転はゆっくりと止まっていった。まるで何かを諦めたように。放置自転車に貼られた注意書きが、寂しげに揺れている。

翌日、件の自転車達は業者に運ばれていった。きっと解体処分されたのだろう。後にも先にも、あのようなことは一度きりだそうだ。

置き忘れた写真

悟さんが駅ビルの書店で働き始めたばかりの頃。その店舗は間口が広く、週末は親子連れで賑わっていた。

しかしこの日は平日の夜、店内にいるのは帰宅途中のサラリーマンばかりだった。閉店時間が近づき、締め作業を先輩達に託し、悟さんは店内の点検を行うことにした。

客の忘れ物がないかを確認していく。加えて立ち読みしている客に、閉店の時間を伝えなければならない。フロアの奥からゆっくりと忘れ物がないかを確認し、客がいれば声をかける。その繰り返しだ。特に問題もなく進んでいく。

すると突然、悟さんがいる通路の真裏から、子供の笑い声が聞こえた。

「キャッキャッ」

はじけるような甲高い声が大きくフロアに響く。

(こんな時間に子連れの客がいたのか)

悟さんは声が聞こえる方へ向かった。ところがそこには誰もいない。今度はたった今、彼のいた場所から声がする。慌ただしくフローリングを走る音も聞こえてきた。

ペタペタペタペタ。

裸足だ。行儀の悪い子供もいるものだ。親の顔を見てみたい。悟さんは何とか子供を捕まえ、注意しようとムキになった。しかし、どんなに探しても見つからない。足音と声は聞こえるはずなのに。

手際が悪いと思われたのだろう。そのうち同僚が近づいてきた。

「お子さんがまだ店内に残っていますよね？　声と足音が聞こえたので」

「やっぱりお子さんがいますよね……」

どうやら自分の勘違いではないらしい。

同僚と相談し、子供を挟み撃ちにすることにした。これなら流石に捕まえることができるはずだ。二人は分かれ、声のする本棚へ向かう。その場所は児童書のコーナーだ。児童書コーナーに辿り着く直前、フローリングを走る音が変わった。

トントントントン。

児童書コーナーには絨毯が敷かれている。その床を踏みしめる音だ。やっと追い詰めることができた。同僚と悟さんは意気揚々と児童書コーナーへ入る。

「あれ？」

同僚の困惑した声がフロアに響いた。目の前に誰もいないからだ。絶対に絨毯を踏みしめる音が聞こえたはずだ。しばらく二人で呆然とする。

すると同僚が何かに気付いた。視線の先は、コーナーに置かれている小さな机。子供に読み聞かせをするために用意されたものだ。同僚はそっとその机の上を指さした。

「何だこれ？」

机には一枚の写真が置かれていた。お客の忘れ物だろうかと、悟さんは手に取ってみる。そこには幼い男の子が一人、立ち姿で写っていた。だいぶ古い写真なのだろう。驚くほど日に焼け、色あせていた。

男の子は幼稚園の制服のようなものを纏い、カメラ目線でジッとこちらを見つめている。そのまま視線を男の子の足元へ向けたところで、悟さんは安易に写真を手にしたことを後悔した。

写真の中の少年は、裸足だった。それに気付いた瞬間、背中から笑い声が聞こえた。

「キャッキャッ」

同僚も頑なに前を見つめたまま、青ざめている。彼にも笑い声が聞こえたのだろう。笑い声はゆっくりとフロアに響き、消えていった。

　しばらく二人とも動くことができなかった。

　この話はそれ以上のことはない。気持ちが落ち着いた後、写真はそのままビルの警備室に忘れ物として届けた。誰が写真を机に置いたかも分からぬままになっている。あれから同じような出来事は起きていない。

　けれど、あの日に聞いた足音と笑い声は、あの写真の男の子のものだったと悟さんは理解している。

蓋を開けてください

都内のサパークラブで働く将暉さん。その日はかなり飲み過ぎてしまい、思った以上に酔っていた。自宅は近くだが、歩くのも億劫だ。何とか休み休み歩いていく。壁に手を当て俯きながら前へ進む。

すると視線の先に猫が佇んでいた。下を向き、何かをジッと見ている。どうやら排水溝の穴を眺めているようだ。ジッと微動だにせず穴を凝視する猫の姿。

「ネズミやゴキブリでも隠れているのか?」

妙な好奇心を掻き立てられ、彼はのろのろとそちらに近づいた。猫は将暉さんの気配に気付くと、びくんと顔を上げ、その場から逃げてしまう。

まだ酔いが醒めぬ将暉さんは、虚ろな目で排水溝の穴へと視線を落とす。暗い二つの穴。奥は澱んだ水がうっすらと見え、下水の臭いが立ち昇る。

「何だ。何もないじゃないか」

期待を裏切られた彼は小言を呟き、その場を立ち去る。またよろよろと数歩前に進んだところで、後ろから声が聞こえた。

「蓋を開けてください、蓋を開けてください」

悲痛に懇願する男女の声だ。将暉さんは立ち止まり、辺りを見回す。しかし誰もいない。

思った以上に酔っているのかもしれない。

幻聴だと自分に言い聞かせようとした瞬間、また声が聞こえた。

「蓋を開けてください」

今度は聞き間違いではない。猫が眺めていた小さな排水溝からだ。だが、あり得ない。

人が入るほどの広さなどない。ましてや大人二人など絶対にあり得ない。徐々に血の気が
引いていく。そして酔いも醒めてしまった。

将暉さんは何とか平静を装い、前へ進もうとする。視線のすぐ先に別の排水溝が見える。

そこを通り過ぎようとすると、その排水溝の下から、また声をかけられた。

「蓋を開けてください」

その男女の声は排水溝を移動しながら、彼に何度も何度も呼びかけてきた。声を無視し、
震える足で自宅を目指す。

やっと辿り着くと、声はピタリと止んだ。ソファに疲れた身体を倒す。

（一体あれは何だったんだ……）

酔いと恐怖に塗れた頭で考える。とにかく気分を変えたい。将暉さんはシャワーへ向かう。

シャワーを終えて身体をタオルで拭っていると、排水溝の網に髪の毛が絡みついていることに気付いた。

「気になるよな」

近づき排水溝の網を取り外す。その瞬間――。

「開いたぁぁぁぁ」

先ほどの男女の声がシャワールームに響いた。驚きのあまり、将暉さんは裸のままそこを飛び出した。そのまま夜が明けるまで明かりを点けたリビングで過ごすが、何も起きなかった。排水溝の蓋が開いたあと、あの声の持ち主らはどこへ行ったのだろう。それだけが気になると将暉さんは語る。

「侵入者です」

大原さんは登録販売者として、神奈川県K市K区にあるドラッグストアで働いている。勤続年数も積み重ね、現在は店長代理として、店を任されることも増えた。独り身ということもあり、閉店作業を行う遅番が多い。

そんなある日。いつも通り閉店作業を終え、帰り支度をしていた。スタッフの休憩場所は店舗の二階にあり、同僚と一緒に雑談をしながら荷物を纏める。

「さて帰ろう」

そう思った矢先、部屋に非常アラームの音が響いた。

（あれ？　このアラーム、何の音だろう）

心なしか焦げ臭い臭いもする。外で野焼きでもしているのだろうか？　外に出ると、薄らと煙が漂っている。

「煙のせいで非常用システムが反応したのかな？」

そんな安易な考えを同僚と話す。とりあえず鳴り響くアラームを止める。何かあってからでは遅いので、大原さんは一階の店舗に戻り、異常がないかを確認することにした。それに契約している警備会社へ、異常がないか電話をしなければならない。

同僚を連れ、店内へ戻る。辺りを見回すが、変わったところは全く見当たらない。ホッとして少し気が楽になった。

「僕は店長室の電話で、警備会社に連絡するよ」

「それなら私は、もう少し店内を確認しますね」

同僚とそんなやり取りをして、大原さんは店長室へ入った。そこはデスクと金庫だけが置かれている小さな部屋だ。大人が二人でも入れば、窮屈さを感じる場所。彼はすぐに受話器を取り、警備会社に連絡をする。

すると電話のコール音が微かに鳴った瞬間、誰かが電話を取った。

（速いな）

大原さんは異常な速さに驚く。ただ、あちらからの反応はない。それなら仕方ない。

「〇〇ストアの大原という者ですが」

そう伝えると、受話器から女の声が聞こえた。

「侵入者です……」

「はい？　煙の探知アラームか何かが反応して、異常を確認してほしくて」

「侵入者です……」

女はそれしか言わない。

（あれ？　番号を間違えたか？）

電話のモニターを確認するが、間違いはない。

女性はその言葉を続けるだけだ。段々と気味が悪くなる。

「どちらに侵入者がいるのですか？」

「侵入者です……」

大原さんは恐る恐る尋ねた。すると――。

「足元にいますけど」

感情のない声で言葉が返ってきた。彼は思わず机と椅子の隙間に視線をやった。もちろん誰もいない。その瞬間に電話はプツリと切れた。呆然と立ち尽くしていると、同僚に後ろから声をかけられた。妙な気持ちの悪さで冷や汗をかく。すぐに一部始終を同僚に伝える。当然、それを聞いた同僚は疑心暗鬼だ。

「今度は私が電話してみます」同僚が受話器を持ち、リダイヤルボタンを押した。すぐに誰かが電話を取った。同僚が何やら話をしている。しばらくして話を終えると、複雑な表情で同僚は説明してきた。

警備会社の話によると、先ほどかけたとされる通話データは残っていない。この時間は女性のスタッフはおらず、男性二人で回している。だから女性が電話に出ることは絶対にあり得ない。そんな答えが返ってきた。けれども一つだけ不思議そうに答えたそうだ。

「あのアラームの音、確かに侵入アラームだったみたいです……警備会社の人もドラッグストアの方で鳴っていた音は区別が付かないものなのに、何で分かったのだろうって困惑していました。今こちらに向かっているそうです」

それを聞いた大原さんは青ざめる。その後、警備会社の人間が店に到着した。隈なく調べるが、やはり異常はない。大原さんを含め、皆困惑した表情を浮かべたそうだ。

「僕は一体誰と電話していたのでしょうか……」

いまだにそれは分かっていない。そのドラッグストアは現在でも、不可解な出来事が頻繁に起こっているそうだ。

通禁規則

鈴さんは以前、小規模ドラッグストアのアルバイトをしていた。チェーン店で営業時間は、朝十時から夜二十一時まで。働く時間としても早すぎず、長すぎもしない。適度に働きたい鈴さんにとって、とても都合が良い仕事だった。

ただ一つだけ不便な規則があった。それは「自家用車による通勤は禁止」だったことだ。面接を受ける際、一番最初に説明をされた。鈴さんだけでなく、他の従業員全員がそうだ。車やバイクはもちろんのこと、自転車も利用してはいけない。何とも通勤泣かせな規則である。ただ、鈴さんやパートタイマーの人は近所のため、そこまで不便を感じることはない。天候が悪くても、歩いて十分も掛からない。

しかし、店長や社員は違う。公共の電車とバスを使い、店舗まで向かわなければならない。自家用車や自家用バイクの方が、都合の良い者もいるはずだ。そもそもこの会社はチェーン展開しており、他店舗にそのような規則はない。この店独自のルールだ。皆、それを「通禁規則」と疎んでいた。

店長や社員も「不便だ」と吐露しつつ、規則をしっかり守っている。

(なぜ乗り物禁止なのだろう?)

鈴さんは疑問に思ったが、いざ働いていると自分自身は不利益を被らない。それが理由ですぐに忘れてしまう。

アルバイトとして働いて一年が経過した頃。新年度で店舗の人事が発令された。慣れ親しんだ店長の移動が決まり、別の人間が責任者として就く。新たな店長は若くやる気もある。毎日のように閉店まで業務をこなし、店に残っていた。そうすると、バスや電車の終電を逃すことも増えてきた。

店長にも心身ともに負担が滲み出てきた。ある日、鈴さんが出勤するとパートスタッフが何やら噂話をしていた。自然と耳がそちらに向く。

「店長、今日は車で来たらしいよ」

「規則のこと知っているはずよね」

どうやら店長が車で出勤していたようだ。

(自宅から遠いみたいだし、仕方ないわよ)

鈴さんはむしろ不憫に感じてしまうぐらいだ。それに店の責任者だ。規則を破っても誰も注意する者はいない。相変わらず店長は雑務のため、店長室で引き籠もるばかりだ。

その日の閉店後。鈴さんがレジ締めを行っていると、突然、入口の自動ドアが開いた。

ガチャン――。

（あれ？　誰か入ってきたのかしら？）

既に閉店しており、入口の電気は消えている。シャッターも半分閉まっており、誤って入ることなどないはずだ。

スッスッスッ――。

何かが床を擦っているような音だ。

スッスッスッ――。

また聞こえた。

まるで床を擦って歩くような音。棚が邪魔で見えないが、その音の元は奥へ向かって行るようだ。その先には店長室しかない。不審に感じた鈴さんは、ゆっくりと擦り足が聞こえる方へ向かった。

やっぱり誰もいない。

数メートル先には店長室のドアが見えるだけだ。すると店長室から声が漏れた。

「どうぞー！　どうぞー！」店長の声だ。鈴さんは戸惑う。

「突っ立ってないで入ってください」

続けて中からこちらに向け、声をかけている。鈴さんの目の前にドアが見える、しかしそこには誰もいない。ただ絶対にドアの前に近づきたくないと、そう感じた。

しばらくすると店長が部屋から出てきた。

スッスッスッス——。

あの擦り足が耳に入る。部屋から出た店長の後ろに、ピタリと足音が張り付いていた。それに気付かず、店長は鈴さんにこう言った。

「そろそろ上がってね」

彼女は頷き、店長を置いて、急いで店を出た。

翌日、同僚から店長が運転中の事故で亡くなったと連絡を貰った。車が大破するほど凄惨だったそうだ。

鈴さんは姿の見えぬあの擦り足の主が原因だと思っている。件の店はまだ存在し、その規則は続いたままだ。

銭湯の絵

ここ数年、銭湯やサウナがブームになっている。山内さんはブームを迎える前から銭湯文化にハマり、時間があれば色々な施設へ足を運んだ。そんな山内さんは銭湯施設で何度か怪異体験をしている。その一つを紹介する。

当時、彼は地元の銭湯に行き尽くし、飽きが来ていた。それが理由で、隣町の施設へ足を伸ばすことを決めた。その中で一番気になっているのが、とある銭湯だ。そこは非常に古い施設ではあるが、薪（まき）を利用したまろやかな熱さの湯が評判だった。

番台では店主である、高齢の男性が対応してくれた。山内さんは特に会話もせず脱衣所へ入り、服を脱ぐ。早速、風呂場へと向かった。ドアを開けた山内さんは目を見開く。銭湯といえば富士山などの山の絵が定番だ。一方、この銭湯では、壁一面に海中の絵が描かれている。美しい珊瑚と沢山の熱帯魚が水中を漂う。事前に聞いてはいたが、いざ目の前にすると非常に壮観な壁面だ。ネットで見た情報によると、店主の息子が描いたものらしい。絵描きを生業にしており、自慢の息子だそうだ。

洗い場では沢山の客が身体を洗い、湯船で楽しく談笑をしている。山内さんも身体を洗い、熱い湯に浸かった。湯は評判通りのまろやかな熱さ。それが疲れた身体を温かく包み込む。疲労感が消え、心も身体もリフレッシュできた。

彼は湯船につかり、鼻歌交じりで気分良く天井と壁面を眺める。

（ここは良い銭湯だ。また来よう）

山内さんはその日、上機嫌で自宅へ戻った。

ところが、また通おうと決めた矢先、その銭湯が休業してしまった。どうやら店主の息子が亡くなり、それが原因だそうだ。落胆しながらも、いつか営業再開することを楽しみにする。

しばらくして、あの銭湯が再開したことを聞いた。だが、休業の間に客足が遠のいてしまったらしい。

（力になりたい）

山内さんは再開の話を聞いたその日に、銭湯へ行くことを決めた。

番台へ向かうと、店主が以前のように迎え入れてくれた。表情はやはり憔悴している。

その様子を目にし、山内さんも切なさを感じる。賑わっていた施設内も以前とは違う。どう見ても客はまばらだ。

そのうち客足も戻るだろう。そう楽観的に考え、風呂場へ入る。目の前に広がる水中の壁絵。やはり目を引く。ひとしきり湯を楽しみ温まると、客達が急ぐように脱衣所の方へ出ていった。

不思議に思いながら客達の背中を湯船から見送っていると、横で湯に浸っていた中年の男性が、叫び声をあげた。

「ぎゃぁ！」

そして風呂から飛び出し、脱衣所へと駆けていく。

山内さんは驚き、男性が出ていくのを呆気に取られて見届ける。気付けば風呂場には彼一人。

(こんな時間に貸切りも良いものだ)

どこか得した気分になり、壁面を眺めようとゆっくり身体の向きを変える。

「ぎゃぁっ！」

刹那、山内さんも叫んでいた。視界に、今まで描かれていなかったものがあったからだ。

それは壁面の隅に存在していた。水中を泳ぐ、黒い人のような存在。黒く染められた人型の絵は、熱帯魚を避け、器用に泳いでいる。すると突然、その人型の足元に、沢山の白い手が群がってきた。あまりの驚きに、山内さんは逃げるどころか固まってしまい、眺めることしかできなかった。

白い手はその黒い人型の足に纏わり付いていく。そして壁絵の外へ引きずり出していった。人型はもがき、消えていく。

(自分はのぼせてしまい、幻覚でも見たのか？)

気付けば彼は脱衣所へ出ていた。

「にいちゃんもあれを見たのか」

周囲の客に声をかけられた。どうやらあの現象は、休業明けから起きているらしい。それが原因で徐々に客足は遠のいていった。店主に説明しても話を信じてくれないそうだ。

あれ以来、山内さんはこの銭湯へ行くことはなく、知らぬ間に閉業していた。

のちの噂で、店主の一人息子が海で亡くなったと聞いた。スキューバダイビングが趣味だったそうで、どうやらソロダイビング中に原因不明のトラブルで溺れ死んだそうだ。

「トラブルか……」

あの絵に映った黒い人型の存在と、足元に現れた白い手。それが店主の息子の死に関係があるのか、山内さんには分からない。

刺青の男

もう一話、無類の銭湯好きである山内さんから聞いた話。彼は仕事で遠出すると必ず、近くで営業している銭湯やスパを調べて入りに行く。

出張で神奈川県へ行った時のこと。周辺で営業している銭湯を調べていると、ある公衆浴場が目に留まった。種類豊富の風呂とサウナ。いわゆる健康ランドで、館内着を着て食事もできるようだ。

仕事終わりにサウナと風呂に入り、ビールでも飲もう。そんな楽しい展望が思い浮かぶ。意気揚々と向かった山内さんだが、いざ入ってみると想像とは全く違った。

カビ臭く古ぼけた館内。閑散として賑わいもない。どこか寂しげだ。

「まぁ平日の夜だ。仕方ないよな」

山内さんは気持ちを切り替えた。

とりあえず汗を流してビールさえ飲めれば良い。そう言い聞かせ、風呂場へ向かう。

だが、風呂場へ着いて絶句する。想像以上に設備も汚く古い。種類豊富な風呂と謳っていたが、湯が入っていない箇所もある。

山内さんは大きく溜め息を吐く。仕方なく身体を洗い、湯に浸かることにした。こんな感じでは食事も期待できない。

「風呂とサウナで汗かいて、この施設からとっとと脱出しよう」そう心に決めた。

洗い場の鏡の前に座ると、隣のスペースに鏡がないことに気付いた。ボロだから割れてしまったのか？　特に気にせず身体を洗う。

汗を流し、湯に浸かる。閉店間際なのか気付けば客は自分しかいない。陽は落ちて、外は暗闇に包まれている。掃除が行き届いてないだろう、汚れた窓が余計に暗さを際立たせる。

心細く感じていると、脱衣所から人の気配を感じた。

(誰か入ってくるのか)

山内さんはほんの少しホッとする。そのうち床をぺたぺたと歩く音が聞こえてきた。

「あれ？　ドアを開ける音は聞こえなかったけどな」

つい独り言が漏れる。すると男が一人だけ裸で入ってきた。横目でチラリと見る。山内さんは声を出さぬよう、口を閉じた。

たった今、入ってきた男。身体中が刺青だらけなのだ。肩で風を切り、態度大きく歩く。明らかに堅気ではない。その男は洗い場の前に、荒々しく座った。山内さんの位置から、鏡に映る男の顔が見える。鏡に向かい、歯を剥き出しにしてニヤニヤと笑っていた。背中に描かれている般若の模様は怒りに満ち、男の表情とは真逆だ。

湯船から顔を出している山内さんと、鏡越しに目が合う。

（薄気味悪い男だ）

山内さんは首を曲げて視線をそらした。ここは健康ランドだ。本来なら刺青の客など入れるはずがない。隠して入ってきたのだろう。

山内さんは気持ち悪さと二人きりの気まずさに、居たたまれなくなった。湯が流れる音が響く。

（もう出よう）

湯から上がり、彼は脱衣所へ戻ることにした。すると、従業員が点検のため脱衣所へ入ってきた。山内さんはすぐにあの刺青の客について報告する。従業員は急に青ざめる。

「随分前に受付を締め切ったので、そのような人は入っていないはずですが」

「そんな訳ないです、まだ浴場にいますよ」

山内さんはムキになって強弁した。

あの男は風呂場にまだいる。出口は一つ、必ずここを通らねばならない。従業員を連れ、山内さんは再度風呂場へ入った。しかし、あの刺青の男はどこにもいない。隅から隅まで調べても。従業員は彼を呆れた表情で見ている。

ふと男が座っていた洗い場に目をやる。そこには男の顔が映っていたはずの鏡がない。先ほどまで絶対にあった。鏡に映り、ニヤついた表情で山内さんを見ていたはずだ。思わず従業員に説明する。

「ここは随分前から鏡なんてありませんよ」

従業員に冷めた声で説明される。山内さんも最初に入った時、鏡がなかったことを思い出した。その事実に余計に怖さが増してくる。結局刺青の男も見つからず、酔っ払った迷惑な客だと思われたそうだ。その健康ランドはまだ営業をしている。

まぁ、あの刺青の男に何をされた訳でもないのだが、

「あんな気持ち悪い体験は二度とごめんだよ」

そう言って山内さんは肩をすくめた。

一緒に入ろう？

穂花さんが十六歳の頃の話。ある日の晩、一人で入浴していると脱衣所から何やら気配がした。曇りガラス付きのドアに見える人影。それが四つ上の姉だとすぐに分かる。脱衣所から声をかけられた。

「ほのかー！　一緒に入っていい？」

珍しいこともあるものだ。姉から一緒に風呂に入ろうなどと言われたのは、小学生以来だった。

年頃になってからというものの、そのような機会は一度もない。同性で、日頃から仲の良い姉妹でもある。断る理由もない。

「お姉ちゃん珍しいね！　早く入っておいでよー！」

脱衣所に向けて言葉を返す。

待っていましたと言わんばかりにドアが開いた。湯煙で一瞬、誰かは分からない。白いモヤが薄れてやっと姉の姿だと認識した。姉は慣れた手つきで洗面器を取り、穂花さんが入っている湯船からお湯を汲む。そして身体にかける。

それを眺めながら時折、穂花さんは姉に話しかけた。その日にあったこと、家族のこと。本当に他愛もない話題で、家族にしか分からない話ばかりだ。一緒に湯船に浸かり、話は続いていく。

穂花さんが頭を洗おうと先に湯船から出る。シャンプーを手のひらに溜め、髪の毛に付けて目を瞑った。

「髪の毛、洗ってあげる」

彼女は驚いた。後ろから突然、姉に声をかけられたからだ。本来なら驚くことではない。ただ湯船から出る姉の気配を感じなかった。お湯がこぼれる音、彼女の後ろに回る足音。どれも感じず、いつの間にか背中に立たれていた。

「もう……驚かさないでお姉ちゃん！」

小言を吐きながら、なすがまま頭を触られる。姉の指が髪と頭皮の間に入り込んでいく。段々と穂花さんに落ち着きがなくなる。

……これは姉の指ではないのでは？　そう違和感を持ったからだ。

なぜならその指は異常に細長く、頭皮に当たる指の感触が尋常でなく多い。まるで複数の手のひらで触られているような奇異な感覚。そんな中、姉は淡々と穂花さんに話しかけてくる。目を開ける勇気がないまま、シャワーヘッドから出るお湯で、髪に付いた泡を洗い落とされた。彼女がゆっくり目を開けると、変わらない姉の姿がある。

「本当にお姉ちゃんだよね……？」

「おかしなこと言わないの！　お姉ちゃんでしょう？　私、先に出るね」

真顔で返事をされ、姉は脱衣所へ出ていく。

何とも奇妙な感覚に捉われ、穂花さんは湯船に浸かりながら脱衣所ドアの曇りガラスを見つめていて、はっとした。姉が映っていない。濡れた身体をタオルで拭いていたり、ドライヤーで長い髪を乾かしたりするような姿。それが見えないのだ。裸のまま脱衣所を出ていく豪快な性格でもない。

不可解に思いながら彼女は風呂場から脱衣所へ移動する。やはり姉の姿はない。首を傾げながらリビングへ向かうと、母がソファでくつろいでいた。

「お姉ちゃんどこ行ったの？　珍しくお風呂に入ってきてさ。一緒に湯船に浸かったのよ」

「あんた何を言っているの？　お姉ちゃんは今日バイトだよ、まだ帰って来てないわ」

「そんなことない！　髪の毛まで洗ってもらって……」

「おかしなこと言わないの。そろそろ帰って来ると思うけど」

すると玄関から姉の声が聞こえた。

「ただいまぁ」

そこで穂花さんは異変に気付く。その日に髪の毛を切ってきたのか、姉の長く派手な茶色い髪の毛は、短くなっていたからだ。

(やはり風呂場に来た者は姉ではない)

帰宅したばかりの姉に先ほどの話を伝えるが、全く信じてもらえなかった。

それからも度々、彼女が風呂に入っていると脱衣所から呼びかける声が聞こえる。

「ほのかー! 一緒に入っていい?」

姉そのものの声だ。そして姉はドアを開け、顔を出す。けれど穂花さんは決して返事をしたり、目を合わせたりはしない。しばらく経つと、痺れを切らしたかのように、「バタンッ!」と、ドアが閉まる。

そして脱衣所からの気配が消えるのをひたすら彼女は待ち続ける。既に姉は結婚し、遠い嫁ぎ先で幸せに暮らしている。

変質者

大学生だった南さんはある晩、夜道を通っていた。理由は弟の塾のお迎えのためだ。時間は二十三時を過ぎていた。当時、中学の受験戦争が加熱しており、夜間特訓なる講義があった。両親の急用のため、その日、南さんは弟のお迎えを任されていた。

(あの子も大変だ)

受験戦争の過酷さに哀れみの気持ちを抱きながら、弟が待つ塾へ足を進める。

普段は日中しか通らない場所。夜が更けると雰囲気も変わる。まるでお化けが出そうだ。すると突然、右手の塀の裏が騒がしくなった。南さんは足を止め、塀を見上げる。すると騒がしさがピタリと静まった。気になりつつも再び歩き始めると、また騒がしくなる。まるで彼女に付いてくるようで気味が悪い。ふと、塀のてっぺんに視線をやった南さんは、次の瞬間思わず声をあげていた。

「あっ!」

そこに二つの手が置かれていた。甲も指も皺くちゃで、老人のものと思われるが、その枯れた指が力を込めて塀にかけられている。

恐怖と気色悪さが一気に背筋を駆け上る。瞬間的に身体を進路方向へ戻した南さんは思わず目を丸くした。塀の先の方まで、横並びに整列するように幾つもの手が並んでいたからだ。浅黒くゴツゴツした手、明らかに幼い子供の手、真っ白な柔肌の女性の手。それ以外も沢山の手が、塀の縁をギュッと掴んでいる。今にも力を込め、塀の向こうから這い上がってきそうだ。

南さんは恐怖のせいで足を動かすことができない。

ググググ――。

指に力が入り、頭がゆっくりと塀の上に現れる。

「やめて！　それ以上は見たくない！」

彼女の口から本能的に言葉が出た。するとそこでピタリと動きが止まり、額から下は上がってこない。南さんは我慢ができず、驚くほどの叫び声をあげて、一気にその場を駆け抜けた。息を切らせながら、弟の塾まで辿り着く。

（きっと変質者よ）

動揺しつつも小学生の弟を驚かせぬよう、平静を保とうとした。世間話をしながら手を引き、帰路に就こうとすると、突然弟が立ち止まった。

「お姉ちゃん、こっちの方角から帰るのはやめよう」

「どうして？」

「その先のお墓、お化けが出るんだってさ。学校で噂なんだよ」

南さんは言葉が出ない。それと同時に、風向きでほんのりと線香の香りが漂ってきた。

そうだった。あの塀の裏は、お寺の檀家の墓だった。

（あたし、お化け見ちゃったのかな……）

その後は、何度弟に話しかけられても、上の空の南さんだった。

霊園のキリン

憂里さんは夏場、背丈ほど伸びている雑草を見ると、目を背ける癖がある。きっかけは霊園へ墓参りをしに行った時のことだ。就職が決まり、可愛がってもらった祖父母の墓石に報告したい。そんな気持ちがあり霊園へ向かった。

一人で行くことを家族に止められたが、まだ日が長い九月。夕刻前に霊園に入れば、陽が落ちる直前には戻れる。憂里さんは物思いに耽りながら、祖父母が眠る墓の方へ歩いていた。盆も随分前に終わり、周辺に人の姿はない。

一見寂しい雰囲気だが、蝉と鈴虫の鳴き声が入り乱れ、やたらと騒がしく感じる。それが寂しさを打ち消してくれた。墓石に辿り着き、丁寧に掃除をする。盆に両親が訪れたからか、雑草などはない。

線香に火を点け、祖父母に就職の報告をする。いつの間にか陽がだいぶ落ち、薄暗くなってきた。

(早く帰ろう)

憂里さんは荷物を持ち上げる。女性一人、やはり物騒でもある。祖父母にしばしの別れを告げ、来た道を戻る。歩いていると、随分と手入れをされていない墓が目に入った。

憂里さんの背丈をゆうに越える雑草が、墓石が全く見えないほどに覆い尽くしていたからだ。特にセイタカアワダチソウという植物が目立つ。放射線状に広がる葉が何とも不気味に見える。

その場を通り過ぎようとすると、雑草から何かが見えた。憂里さんは反射的にそちらへ身体を向ける。そして思わず声をあげた。鬱蒼と生える雑草から、頭が飛び出していることに気付いたからだ。一つや二つでない。何人もの頭が、雑草から飛び出ている。まるでキリンのように必死に首を伸ばしているのが分かる。老若男女。皆、悲愴感漂う顔つきをして、憂里さんに何かを訴えかけているように見えた。異様な光景に憂里さんは声が出ず、震える足で何とかその場を去った。

自宅に戻り、息せき切って家族にその話をしたが、なかなか信じてもらえない。むしろ変質者がいたのではと心配され、今後は一人で行くことを禁じられた。

それからしばらくして、家族と墓参りへ行く機会があった。恐る恐るあの出来事があった墓の前を通ると墓石がない。雑草は全て抜かれ、更地になっていた。きっと別の家の墓石が立つのだろうと両親は話した。

首を伸ばし悲しい表情を浮かべた者達は、墓で眠っていた魂だったのだろうか。もしそうなら、彼らはどこへ行ってしまったのだろう。憂里さんは何とも不憫な気持ちになった。

以来、手入れがされず、雑草に覆われた墓石を見ると反射的に目を背けてしまうそうだ。

キャンプ場のトイレ

夏美さんの両親はアウトドアが趣味だった。そのため夏美さんは幼い頃から、家族とキャンプへ行くことが多かった。これは彼女が高校時代、キャンプへ行った時の話だ。その時は家族と話し合い、いつもと違う場所でキャンプをする計画を立てた。

海辺のキャンプ場。とても不便な場所で、少し離れた場所に汲み取り式のトイレが一つあるだけだ。お世辞にも綺麗ではないと聞き、キャンプ慣れした夏美さんもそのトイレを使うことに不安を持つ。

現地へ着くと海辺で泳ぎ、釣りをして、充実した一日を過ごしたそうだ。陽が陰り始め、夏美さんの頭に不安がよぎる。あの不衛生だと聞いたトイレのことだ。

「どんなトイレだろう?」

まだ明るいうちにトイレを確認しに行こうと決めた。

いざ行ってみると、やはり清潔とは言えない環境だった。夏美さんはゲンナリとする。トイレは海辺から近いが、足元が非常に悪い。なぜこんな場所に作ったのだろうと疑問に思う。そしてトイレの中に入ると、足元も砂に塗れている。

何とか用を足し、外に出ると近くで釣りをしている男性に出会った。男性と目が合い、反射的に夏美さんは会釈をした。男性は表情を変えずにこう言った。

「夜はこのトイレを使わん方がいいぞ」

夏美さんはそれを聞き、夜は足元が危ないからだと勝手に解釈した。そして家族のいるテントへ戻った。あの清潔感のないトイレは使いたくない。何が何でも夜は我慢してやるぞと誓う。

夕食も済ませ、すっかり陽も落ちた。あとはテントに入って寝るだけだ。他の家族もあの汚いトイレを使ったようだ。戻ってきた表情は、とてもゲンナリしていた。テントの中で寝袋に入るが、なかなか寝付けない。

(トイレ行きたくなったらどうしよう)

そんな考えが浮かぶからだ。不安のせいか、段々ともよおしてくる。徐々に限界が近づいていく。

「もう我慢できない!」

夏美さんは意を決し、トイレへ向かうことにした。

暗闇の中、懐中電灯を持ち、波打ち際を歩いていく。するとあのトイレが見えてきた。夜中に見ると雰囲気が出ており、余計に気味が悪い。トイレのドアを開けて便器を照らす。目の前によく分からない虫がウジャウジャいる。あまりの気持ち悪さに卒倒しそうだ。何とか用を足し終え、急いでテントへ戻ろうとする。

するとと後ろから急に、「ねえ」と呼び止められた。

思わず後ろを振り向く。トイレのドアが少しだけ開いているのが分かった。

「あれ？　ドア閉めたはずなのに」

暗闇に包まれたドアの隙間から何かが出てくる。夏美さんはたった今、トイレから出たばかりだ。周囲には誰もいなかった。人が入る隙などなかったはずだ。

怯えながら懐中電灯を照らす。そこには彼女と同年代くらいの女が、頭をドアの隙間から出していた。黒髪のおかっぱで顔は驚くほど白い。頭を出し、目を細め、夏美さんを見ている。人ではないのでは……？　そんな気持ち悪さを持った。

「何をしているの？」

女が夏美さんに問いかける。夏美さんは恐怖で足を震わせながらも「今からテントに戻るのよ」と答えた。

ほんの数秒、無言の時間ができる。

「一緒に行っていい？」

女は再び問いかけてきた。

夏美さんは彼女をこの世の者ではないと直感した。だから女の子に向け、「駄目よ。家族に怒られる」という言葉が自然と口から出た。すると女は悲しい顔をして「そうか」と呟いた。

そして飛び出している頭をスッと中に戻し、ドアがバタリと閉まった。夏美さんは真っ暗な道を必死に走り、テントへと戻る。眠っていたはずの両親が外で待っていた。どうやら戻ってこない彼女を心配し、探す準備をしていたらしい。

両親に先ほど起きた出来事を伝えるが、呆れ顔で一蹴された。ふと空を見上げると夜が明け、既に陽が顔を出している。

おかしい、夏美さんにはほんの少しの感覚だったのに、実際はかなりの時間テントを離れていたようだ。帰り道に両親を連れ、あのトイレへ向かった。すると昨日の男性がまた釣りをしていた。横顔を見る。昨晩の女の顔と、どことなく面差しが似ている。何とも言えぬ気分になり、夏美さんは声をかけず立ち去った。勇気を振り絞り、トイレを開ける。

薄汚れた便器、足元には大量のフナ虫やヤドカリなどが蠢いていて、夏美さんは悲鳴をあげた。

結局、あの女も男性も、正体不明のまま終わってしまった。ただ、あの時――女に「一緒にきていいよ」と伝えていたらどうなっていたのだろう。夏美さんはいまだにそれが気になっている。そしてあの悲しい顔が、脳裏に焼き付いている。あれ以降、両親にキャンプを誘われても、夏美さんは断るようにしている。

蛍火

田中さんの趣味はアウトドアだ。自然に溶け込むと、仕事のストレスも一片に消えていく。夏休みなど長期休暇は必ず山へ籠もる。友人達を連れてのキャンプ。テントを張り、腹ごしらえをするのが定番の流れだ。

あるキャンプの夜、陽も完全に落ち、身体もだいぶ冷えてきた。

「そろそろだな」

焚き火の準備をして、ミニチェアを出す。そして温めたウイスキーを飲む。これが一番の楽しみだ。仕事の話など一切しない。友人達と笑い合うだけ。

田中さんは途中飲み過ぎたのか、尿意をもよおした。トイレなどはない。近くにある森の中へ入っていくだけ。真っ暗な中、ライトを頼りに用を足し終える。ついでだとタバコを口にした。

「しまった！　ライター忘れたわ」

タバコを箱に戻そうとすると、少し先に蛍火が見えた。

(友人も用を足しに来たのか。タバコに火を点けて、考えることは一緒だな)

そう思い、田中さんは火を借りるため声をかけた。

「おーい！　火を貸してくれ」

すると、声をかけると同時に蛍火がフッと消えてしまった。不思議に思い、声をかけながら奥へ向かう。徐々に姿が視界に入っていく。

「うぉっ!!」

田中さんは動揺し、大声をあげた。目の前に見知らぬ女の姿が見えたからだ。巨木の下で首に縄を結び、ゆらゆらと揺れている。

その後は大騒ぎだったそうだ。田中さんが見た蛍火は何だったのだろう。

「もしかしたら、あの女性の命の灯火が消えた瞬間を見たのかもしれません」

そう彼はボンヤリと光る、タバコの火を見せながら話した。

あなただけ見爪てる

ふとした時に視線を感じる。そんなことは誰にでもあるはずだ。

都内に住んでいる恭弥さんは、そんな視線に苦しんだ時期があった。それは結婚を考え、同居していた彼女と別れた後に始まった。

彼女の名は真衣香。都内のオフィス街でネイルサロンを経営し、恭弥さんよりも随分と収入が高かった。そんな彼女にほんの少しコンプレックスを持っていたという。

彼女は派手なファッションに身を包み、ネイリストらしく自らの爪をいつも美しく整えていた。まさにできる女という風貌だ。その一方でホストなどの男遊びが激しく、頻繁に恭弥さんと衝突した。身勝手で我儘な性格でもあった。

そんな性格に辟易した彼は考えた末、真衣香に別れを告げることにした。最初は怒り狂った彼女も、途中から「あなたと別れたくないの」と懇願した。けれども恭弥さんの意思は強固だった。今までもあの激情的な性格のせいで、辛い思いをしてきたからだ。どんなに言われても関係を終わらせたい。その一心で何度も彼女を説得したが、彼女は頑なに首を縦に振ってくれない。

「絶対に別れたくないの、これからは貴方だけを見つめるから」

最後まで悲痛な声で恭弥さんを説得する。それでも彼の意思は変わらなかった。

「いつまでも恭弥を見ていたいの……」

彼女は涙を流していたが、やっとの思いで別れに納得した。その翌日には彼に何も伝えず、真衣香は同居していた家を出た。服や思い出の品もいつの間にかなくなっていた。残っているのは彼女が育てていた観葉植物、一鉢だけ。

多少の寂しさはあったが、それを天秤にかけても解放感が勝った。これで辛い日々が終わる。仕事やプライベートにも張りが出る。明るい気持ちになった。

ところが、そんな気分もすぐに消えてしまう事態に直面する。

自宅に帰ると、どこからか視線を感じるのだ。

最初は気のせいだと思った。しかし全く落ち着かない。肌に痛いほどの視線を感じた。

「もしや隠しカメラでも付けられているのか？」

そんな心配と同時に、真衣香の顔がはっきりと浮かぶ。彼女とは別れた後、連絡を一切取っていない。すぐに業者を呼び、隈なく部屋を調べてもらったが、隠しカメラなど不審なものは見当たらない。

知り合いの話では、真衣香は変わらず忙しくしている。ただいまだに、恭弥さんとの別れを悔やんでいるとも聞いた。

「自分の考えすぎだったのか」

彼女を疑ったことについて罪悪感を抱くも、視線は日に日に酷くなる。ついには布団に包まっていても、中から視線を感じるようになった。全く気が休まらない。

(自分は心の病に侵されたのだろうか……)

段々そうとしか思えなくなってくる。とうとう限界がきて、家を引き払うことを決意した。真衣香への罪悪感が原因かもしれない。彼女との思い出の場所から出ていけば、解決するかもしれない。そんな気持ちが浮かんだからだ。

毎日少しずつ荷物を整理し、転居する準備をする。物は減っても、あの鋭く身体に刺さるような視線は消えない。そして家を出る前日、真衣香が置いていった観葉植物だけが残された。

——可哀想だが持っていても仕方ない、処分しよう。

鉢を持ち上げてみて、ふと気付く。視線を感じるのだ、あの気持ち悪い感覚を。

思わず力が抜けた恭弥さんは、床に鉢を落とした。散らばる土と破片。そしてそれ以外のものが、幾つか混じっていた。

――爪だった。

黒と白で何かを模したネイルアートが描かれている。まるで目玉の形だ。それが悍ましい目つきで、恭弥さんを覗き込んでいるように見えた。

爪をすぐにかき集め、処分する。するとあれほど感じた視線が、パタリと消失したそうだ。それから無事転居を終え、平穏な生活を送っている。

今も定期的に匿名で、「ある物」が恭弥さんの自宅に届く。それはあの時と同じ、目玉を模した爪。真衣香の剥がした爪だろう。荷物を開けずとも彼には分かる。その匿名の荷物から、あの時と全く同じもの――。

「舞衣香の視線を強く感じるからです」

もちろんその場で捨てているという。

爪切って

花音さんが中学生の頃、母がくも膜下出血のため倒れた。意識が戻らず長い間、病院で入院している。父は仕事で忙しく、代わりに花音さんは熱心に病院へ通った。意識ない母の世話を懸命に行う。

彼女の母はとても綺麗好きで、神経質だった。それが理由で爪が伸びると小まめに切ってあげていた。意識はないが、母はどこか喜んでいるように感じて、それが嬉しかった。

しかし花音さんも年頃になり、母の病院へ行くのが億劫になってきた。いつまでも意識が戻らず、反応もない。それに慣れてしまった。バイトを始めて時間もなくなり、遊びにも夢中になる。そうなると足が遠のく。

「あたしがお世話しなくても、看護師さんが何とかしてくれるわよ」

そう自分を納得させる。そんなある日、付き合ったばかりの彼とリビングで通話をしていた。翌日は休みのため、デートの打ち合わせだ。明日彼に見せるため、爪にネイルを塗る。すると後ろから引き戸の開く音が聞こえた。花音さんは反射的に振り向いた。

小さなドアの隙間から、「にゅるり」と音を立てるよう、手と足が飛び出した。父ではない、それはすぐ分かった。廊下から声が響く。

「花音ちゃん爪切って爪切って爪切って」

単調だが懇願するような声。それが病院で意識ない母の声だとすぐに分かった。

「お母さん……？」

花音さんは無言で彼との通話を切り、立ち上がる。そして引き戸へ近づいた。

(お母さんの訳がない)

力を込め、引き戸を開けようとするが、なぜかそれ以上開かない。まるで押さえ付けられているようだ。隙間から両手両足が飛び出ている。態勢的に絶対にあり得ない。異常な事態に花音さんは恐怖する。父は夜勤でまだ帰ってこない。逃げ場なく震えていると、再び隙間から声が聞こえる。

「花音ちゃん爪切ってよぅ！　爪切ってよぅ！　爪切って！」

駄々をこねる子供のような母の声。彼女は急いで棚から爪切りを取り出し、飛び出た四肢の爪を一つずつ、無我夢中で切っていく。

ぐにゃり——。

爪とは思えぬ気色の悪い柔らかな音と感触。床に落ちた爪は、まるで蛭が動くようにうねっている。動きは徐々に鈍くなり、赤茶色に変わっていった。全ての爪を切り終えると、

「ありがとう」

母の満足げで嬉しそうな声が聞こえた。そして四肢は廊下へ引っ込んだ。すぐに彼女は勇気を振り絞りドアを開ける。廊下には誰もいない。床に散らばった赤茶色の爪も消えていた。呆然としていると、そのうち夜勤から父が帰ってきた。

今起きた出来事を伝えるが、全く信じてくれない。翌日病院へ向かうが、ベッドに横たわる母はいつも通り意識がない。恐る恐る母の手足を確認すると、爪は綺麗に切られていた。看護師に尋ねるが、切った覚えはないと答える。

（昨日現れたのは、やはり母だったのかもしれない……）

花音さんは大きな罪悪感に襲われた。

「ごめんねお母さん、蔑ろにして……」

それから彼女は頻繁に母の病院へ通うようになる。母の意識はいまだ戻っていないが、あのような出来事は二度と起こさせない。そう誓っている。

肉球

奏さんの母は、拝み屋を生業としている。主に行うのは先祖供養だ。手広くすることはなく、友人からの紹介のみを受ける。奏さんは母の仕事ぶりを幼い頃から近くで見ていた。小説や映画のように命の危険を冒すようなこともない。母はただ黙々と頼まれた仕事をこなすだけだ。

ある日、いつも通り先祖供養の仕事が舞い込んできた。客は母の古くからの友人だ。奏さんとも見知った仲だ。

「おばさん元気ないのね？　一体どうしたの？」

「ごめんなさいね、ちょっと最近悲しいことがあって」

いつもハツラツとしているのに、表情が曇っていた。

彼女自ら、ご祈祷場所へ母の友人を案内する。和室に神棚と太鼓だけが置かれた、とても簡素な場所だ。母は友人と顔を合わせた途端、顔を顰めた。そしてこう言った。

「この部屋に、ワンちゃんを連れて来ては駄目よ！　ご祈祷場所なのだから」

「何を言っているのよ。私一人で来たのだけど……」

友人は目を丸くさせ、元気なく否定する。母が何を言っているのか奏さんにも分からない。犬なんて近くにはいない。当然、外で待たせている気配もない。だが、母はしきりに「犬をこの部屋に入れては駄目だ」と注意する。

一瞬考え込んだ友人は「あっ……話が早いかも」と言葉を続けた。友人は数週間前に愛犬を亡くしたそうだ。今回はその愛犬の供養を、依頼しに来たと寂しげに話す。

「あぁ！　だから側にいるのね、ワンちゃんが」

母は納得した表情で答える。母はすぐさま、奏さんに米を炊くよう指示する。炊いた米を、ご祈祷のお清めに使うのだ。米が炊けるまで時間まで、母と友人は談笑をしている。ほんの少し友人に明るい表情が戻っていた。しばらく時間が経過し、米が炊けた。

奏さんは米をよそうため、炊飯器の蓋を開ける。蓋の奥には熱々に炊けたご飯が入っており、白い蒸気が視界を眩ませた。彼女がしゃもじを持ち、米をよそおうとした瞬間、あるものが目に入った。

「お母さん！　ちょっと来て！」

奏さんはすぐに二人を呼んだ。

「あぁ、これ」

「あら、やっぱり来ていたのね！　あの子」

炊飯器の中を覗いた母と友人は、大きな声で笑った。炊けた米の真ん中に、可愛い肉球の形。

白飯にギュッと押された肉球の型ができていた。まるで「僕も側にいるよ」と誇示するように。

それを見て思わず三人で大笑いしたそうだ。

「拝み屋って怖いことばかりのイメージですけど、こんな可愛い出来事もあるのです」

奏さんは和やかにそう話してくれた。

こかされた

拝み屋の母を持つ奏さんは幼い頃、なぜか遊びに入れない場所があった。どうやっても自分一人だけ、足を踏み入れることができない。一緒に来た友人達は、一人一人大きな赤い門を潜っていく。奏さんもそこを潜ろうとするが、不思議と必ず転んでしまう。

諦めず立ち上がり、何度も通ろうとするが、その度に足が縺れて躓く。何かに足を引っかけられるのだ。困惑するしかない。友人達は奥の広場で楽しそうに遊んでいる。

「奏ちゃんも早く来なよー！」

「だって入れないんだもの」

「奏ちゃん変だよ、それ！」

友人達が楽しく遊ぶ姿を眺めていると、悔しくなる。赤い門の外側から広場に目をやる。そこで鎮座する四本足の動物と目が合った。犬だろうか？

「お前は入るな」

そんな意地悪な言葉を言われているように感じた。いじけ泣きながら自宅へ戻り、母に甘えようとする。

「あら、もう帰ってきたの？」

「だって！　あたしだけ入れないんだよ。必ず転げちゃうの」

「奏はどこへ行ったのかしら？」

「赤い大きな門があるところだよ。みんな私を置いて遊んでいるの」

「ああ、お稲荷さんだねぇ。あなたには蛇が憑いているから、入れないように、こかされている（転ばされている）のよ」

母は笑顔でそう教えてくれた。そして、ぐずる奏さんの両足首を、ポンっと小突いた。

「もう取れたから大丈夫。遊んできなさい」

母は自信ありげに、奏さんの背中を押す。

（何も変わってないのに……）

彼女は訝しみつつ、友人達がいる場所へ戻った。母に教えてもらった赤い門の名前。鳥居を恐る恐る潜る。

（あれ？　転ばない）

難なく鳥居を潜ることができた。それにさっきまで奏さんを見ていた、犬のような動物が見当たらない。その日は目一杯遊び、満足して自宅へ帰ることができた。

母は笑いながら「お稲荷様も蛇を連れてないから、こかす必要がなくなったのよ」と彼女に話した。それからは入れぬ場所など一つもない。

ただ不思議な夢を見ることがある。頭部が奏さんそっくりの、大きな白い蛇。それがジッとこちらを睨みつけている。目を覚まし母に尋ねるが、はぐらかされるだけだ。

あれは母が以前、自分から取り除いた蛇なのかもしれない。奏さんはそんな気がしてならない。

呪われた地下室

これも奏さんから聞いた話。

ある日、拝み屋の母に変わった依頼が舞い込んだ。母の主な仕事は「先祖供養」だが、今回は少し違う。ある人物を見てほしいと言うのだ。

それは都内に住む、林田という男性の一人娘だった。林田は最近、中古の一軒家を手に入れた。夢のマイホーム、高価な物件でもある。元の持ち主は外交官。海外赴任のため売りに出されたのだそうだ。その後、一度他の人物の手に渡ったが、再度売りに出され、林田さんの手に渡った。

林田にとって、人生で一番の買い物でもある。妻には先立たれ、林田と十六歳の娘との二人家族。以前は狭いアパートだったため、多感な年頃の娘はよく不満を漏らしていた。この物件を手に入れ、念願の自分の部屋を手に入れた娘は、たいそう喜んだ。

ところが、引っ越してすぐ、娘に大きな異変が起きる。泣き叫び、自傷行為を繰り返すようになったのだ。まるで人格が変わったようにである。思春期ではあるが、明るく大人しい女の子だった。娘の現状に、林田は戸惑い疲弊した。医者やカウンセラーに相談するが、解決策が見当たらない。困り果てていた折、友人の紹介で奏さんの母を知ったという。

まさに藁にもすがる思いだったのだろう。彼が母のところに顔を出した際、酷くやつれ、悲愴感が漂っていた。母は「私は先祖供養専門なのよ」とぼやきつつ、二つ返事で依頼を受けた。そして「あなたも一緒に来る?」と、珍しく奏さんを誘う。彼女自身、林田の娘の話を聞き、興味を持った。歳が近いこともあったのだろう。

奏さん親子は、日を改め件の家に足を運んだ。到着し、屋内へと入る。中は清潔かつ、整理整頓されていた。至って普通の家だ。変な雰囲気など微塵もない。奏さんは拍子抜けしてしまった。

そのまま母と二階へ上がり、林田の娘の部屋へ向かう。ドアをノックするが反応はない。仕方なく林田は強引にドアを開けた。娘は部屋の隅で、ぶつぶつと何かを呟き、ジッとしている。奏さんはすぐに異質な雰囲気に気付いた。娘にではない。部屋そのものからだ。母も明らかに表情が変わった。何かを感じたのだろう。とにかく暗い。窓もあり、日当たりも良いはずなのにやけに暗ぼったい。湿気もあり、カビ臭さも強烈だ。例えるなら古い地下室のようだ。

「ここはどこかの部屋と繋がっていますね。霊道って奴です」

母は何か納得した表情をして、部屋を出た。そして林田に家の間取りを詳しく聞き、何やら話している。

「その場所へ連れて行ってください」

「何も置いていない部屋ですが。時折、娘がその部屋に入っていくぐらいで……」

林田に連れられ、一階へと下りる。どの部屋を見ても明るく清潔感が漂っている。だからこそ、娘の部屋の異様さが際立った。

林田に連れられ進んでいく。階段を見下ろすと、地下室の扉が見えた。階段を下り、地下室のドアを開けて入る。八畳ほどの何も置かれていない部屋。カビ臭く、暗い雰囲気。床には娘の自傷行為の血跡が大きく残っている。

(この雰囲気、娘さんの部屋と全く同じだ)

そう感じて母の方を見ると、複雑な顔をしていた。母は奏さん以上に、何かを感じているのだろう。

「ごめんなさい。ここが原因です。けれどもお清めが効くものではございません。臭い物に蓋をする。これが一番です」

母は申し訳なさげに林田に告げる。

「閉鎖すれば、娘さんは元に戻ります。もう二度と入れないようにしてください」

母の言葉を聞き、林田は地下室の閉鎖を約束した。

帰り際、母は奏さんに語った。

「あの家、中古の物件と言ったけど、地下室で何かあったのだろうね」

「何か？」

「そう。『人でない者達』が沢山いたのよ。娘さんの部屋と霊道が繋がっていて、悪さをしていたのだろうね」

母曰く、家の中でも霊道が繋がり合う場所があるそうだ。とにかく道を断つ。それが一番らしい。まさに『臭い物に蓋をする』だ。地下室を閉鎖すれば、娘の部屋のあの異様な雰囲気も消えると断言していた。

それから毎年、林田は娘との仲睦まじい写真を載せた年賀状を送ってくれていた。

だがある年の正月、彼一人だけが写る年賀状が送られてきた。娘の近況報告は一切、記されていない。その時、奏さんの頭にあの地下室の光景が浮かんだ。

彼女はまた、あの呪われた地下室の扉を、開けてしまったのかもしれない。

キャットファイト

史哉（ふみや）さんは若い頃から、霊感というものを持ち合わせていた。金縛りなど日常茶飯事だ。深夜、枕元に見知らぬ人物が立つこともある。それは特定の女の霊だった。白いワンピースを着た、髪の長い女。まさにステレオタイプの幽霊だ。いつも史哉さんを愛おしそうに眺めている。なぜ自分の前に現れるのか、分からない。

それは彼が、容姿端麗であるからかもしれない。俳優やアイドル顔負けの外見に、気さくで気遣いのある性格。

「生きている女も、死んでいる女もお前に首ったけだな」

友人達に冗談を言われていた。

「お前ら、他人事だと思ってるだろ」

よく史哉さんは、そうぼやいていたそうだ。

そんな生活を続けながらも、いつしか彼は持ち前のルックスで、ホストとして働くようになっていた。職場は新宿歌舞伎町のホストクラブだ。下積み生活は非常にきつかったが、やり甲斐もあった。

徐々に実力と客も付き、高額な給与を稼いでいく。そんな上向きだったある日、咲良という女が彼の前に現れ、生活が一変する。彼女のストーカー行為に悩まされ始めたからだ。咲良は数ある太客の中の一人だった。

彼に向ける視線は、それはもう熱烈だ。最初は良客として扱っていたが、次第に彼女の独占欲も高まっていく。

史哉さんと付き合っている訳でもないのに、日常生活にまで口を出してきた。しかし金が尽きたのか、理由も伝えずパタリと店に来なくなった。史哉さんはそれにホッとした。

自宅では女の霊が現れ、枕元に立つ。職場ではストーカーに付き纏われる。正直、気を抜く暇がない。

ストーカーがいなくなれば、幾分気持ちも楽になる――。

が、そう思った史哉さんの考えは甘かった。

ある日、自宅マンションの窓から、何の気なしに外を見た。向かいのマンションの一室に目がいったところで、思わず彼は言葉を漏らす。

「あいつ、何でいるんだよ……」

窓からこちらを眺める女の姿。それは咲良だった。笑顔でジッと彼を見つめている。店に姿を見せなくなり、安心していた。

が、それは史哉さんの勘違いだった。彼女は彼の住む場所を特定し、自らも近くに移り住んだのだ。

史哉さんは落胆する。そして精神的にもついに限界が来た。ストーカー女に日常を監視され、就寝中は女の霊が現れる。

「気の休まる場所がない」

ホストも辞め、田舎の実家に戻るしかない。そう決めた晩、事態は急変した。

深夜に彼が眠っていると、突然金縛りになり目が覚めた。

(いつものことだ……)

目を開き、枕元を見る。

(おいおい……何だよ……これ)

彼はその光景に愕然とする。寝室に女が二人立っていたからだ。

一人は昔から現れる女の霊。そしてもう一人は咲良だった。

史哉さんは金縛りで声を出すこともできない。

女達は対面し、いがみ睨み合っているように見える。そしてゴングが鳴ったかの如く、勢いよく互いに掴み掛かった。床に倒れ、揉みくちゃになる。髪を引っ張り合う。まるで女同士の戦い、キャットファイトだ。部屋は猫の喧嘩のように、ギャーギャーと女達の金切り声が響く。五月蠅くてたまらないが、耳を塞ごうにも金縛りで動けない。史哉さんの鼓膜が悲鳴をあげた。

（喧嘩するなら外でやってくれ！）

史哉さんが心の中で叫んだ時。

「勝った……」

そんな声が聞こえた。

その瞬間。

ドンッ――。

マンションの外から、何かが落ちた鈍い音が聞こえた。そして周囲の騒ぎ声が聞こえ始める。

それと同時に金縛りは解け、女達は目の前から消えていた。史哉さんは重い身体を起こし、窓から外を見る。人だかりができている。その中心に、見知った人物がぐったりと横たわっていた。

「咲良だ」

一体何が起きたのか分からない。たった今まで自分の部屋にいた彼女が、なぜマンションの外に倒れているのか。

「生きてるぞ！」

そんな声が響き、やってきた救急車で咲良は運ばれていった。

自分が部屋で見た咲良は何だったのだろう。

彼女の生霊だったのか。

そして彼女は勝負に負けたのだろうか。

そんな陳腐な考えが浮かんだが、真相は分からずじまいだ。史哉さんはそれからすぐ、ホストから足を洗い、田舎の実家へ戻った。

あれ以降、咲良は彼の前に現れていない。

「生きている女も、死んでいる女も怖いですよ」

あの日、勝負に勝ったであろう女の霊は、その後も史哉さんの枕元に立っている。勝ち誇った表情で、彼を上から見下ろしているそうだ。

赤い帽子の女

二十代前半の頃、大澤さんは東京のとある地域で働いていた。職場はリサイクル業。オカルト好きで呪いや祟りを信じている大澤さんは当初、曰く付きの品物に遭遇してしまうことに怯えていた。リサイクルショップは、客が思い入れのある品物を持ち込むことが頻繁にあるからだ。

とはいえ、そうそう出くわすことはない。次第に緊張も薄れ、そんな品物はテレビや小説の世界にしかないものだと思い始めたその矢先、ある客の持ち込んだ品から、彼は怪異を目の当たりにした。

それはある大雨の夜だった。店は大雨の影響で客足も悪く、閉店一時間前にもかかわらず、早々に店仕舞いの準備をしていた。大澤さんは同僚と談笑しながら、持て余した時間を消費する。すると一人の男が入店してきた。当然、まだ閉店時間前だ。面倒だと思いつつも、「いらっしゃいませ」と大澤さんは男に声をかける。

スーツを着た客は六十代と思しき年の頃で、小綺麗な格好をしている。だが、傘をさしていなかったのか、スーツはびしょ濡れだった。そのせいか、くたびれたようにも見える。男は入店後すぐに「こちらの絵を買い取ってほしい」そう一言口にした。そしてびしょ濡れの大きな袋から、一枚の絵を取り出した。

大澤さんの働くリサイクルショップは一般的なチェーン店だ。本来、骨董品や美術品は鑑定していない。大澤さんは絵を見ることもせず、「申し訳ないですが……」と断りを告げようとする。すると男はそれを制するように「いくらでも構わない、とにかく買い取ってほしい」と頼み込んできた。その言葉には、どこか切羽詰まったものが漂っていた。詳しく聞くと、遺品整理らしい。

大澤さんは男の勢いに負け、上司に相談することにした。すぐに上司は「いくらでも構わないなら」と了承し、査定することを許可してくれた。

いざその絵を見てみると、赤い帽子を深く被った女の油絵だった。作者は不明、絵をじっくり見てもモデルの女の年齢も分からない。明らかに高価な物でもない。

女は幼くも、年老いても見える。大きなつばの帽子を目深に被り、チラリと見える目はどこに向けているか分からない。彼の心中に「気持ち悪い」という言葉が駆け巡った。絵の裏側を見ても、サインなどもなく作者も不明だ。眺めれば眺めるほど、気持ち悪さが増す。

この短時間で嫌悪感さえ持った。「早く査定を終わらせたい」そう思い、男に二束三文の値段を提示する。

意外にも男は何かホッとした表情を浮かべ、伝えた金額を了承した。買い取りが終わると、「やっと手放せたよ」という言葉を口にして、足早に立ち去った。

大澤さんは男の背中を眺め、見送った。

「もしかして呪いの絵なんじゃないだろうな……」

異常な不安が纏わり付く。

上司に報告すると「お前がきっちり責任取れよ」と笑いながら囃し立て、まるで他人事だ。翌日、こんな絵が売れるのか？　と半信半疑に思いつつ売り場に置いてみた。ところが予想に反して、三日ほどでその絵は売れたそうだ。

購入者はごく普通の中年女性。その時もたまたま大澤さんが接客していたが、女性は特に質問することもなく帰っていった。品物を手渡しする時、絵に描かれている赤い帽子の女に目がいった。まるで視線がこちらに向けているようだ。大澤さんは薄ら寒くなる。ただ店から絵がなくなったことには安堵した。

その出来事から一年ほどが経過し、気付けば絵のことは完全に忘れていた。

ある日のこと。大澤さんが出勤すると、あの赤い帽子の女の絵が店頭に飾られていたので仰天した。声をあげて慌てふためく彼に、同僚が「遺品整理の出張で買い取ってきた」と答える。こんなこともあるのか、大澤さんは絶句し、気持ち悪さが一層増した。

ただ、絵は呆気なくまた売れた。今度の購入者は元古美術商の常連客だった。常連客は、絵の中で佇む赤い帽子の女をジッと見つめる。そして大澤さんに「高いものじゃないけど、変わった絵だね。せっかくだから購入していくよ」と話し、絵を持って帰っていった。

偶然ではあるが、絵を売る時の接客は今度も大澤さんだった。結局それからすぐに、大澤さんは転職し、リサイクル業界を離れることになる。

あの出来事から何年も経った先日のこと。久しぶりにリサイクルショップ時代の上司から連絡があった。電話越しに聞こえる上司の声は懐かしいが、明らかに力がない。心配した大澤さんが近況を伺うと、彼はこう話した。

「あの絵、また戻って来たぞ……しかも遺品整理で。お前にきっちり責任取れよと言ったのになぁ……勘弁してくれよ」

そう悲愴感溢れる声で伝えられた。

大澤さん自身には何も異変は起きてはいない。しかし、これが〝曰く付きの品物〟というものだと身を以て体験した。しばらくその赤い帽子の女の絵は売り場に飾られていたが、先日また購入されたそうだ。

「けれどまた戻ってくるでしょうね……あの絵は」

大澤さんは苦笑いしながらそう話した。

ライターネックレス

真紀さんは十代の頃、いわゆるバンドギャル（バンギャ）として活動していた。学校の友人達とは馴染めず、バンギャ仲間達と一緒にいることが楽しかった。服装も流行りというよりは、個性を重視。髪の毛をピンク色に変えた時は、両親や担任が卒倒するほどに嘆いたそうだが、無論そんな評価は気にしない。

どこか自分が大人になれたようで嬉しかった。そうなると自然と付き合う男性も変わっていく。同年代の異性など、幼く見える。環境上、悪い大人達に声をかけられることもあったが、運良く彼女はそれを逃れていた。

そんな真紀さんに年上の彼ができた。名前は浩平。一回り上の社会人だった。金にも余裕があり、真紀さんをとても可愛がってくれた。送ってくれるプレゼントも非常に大人びていて、受け取る度に心を躍らせる。

ある日彼がプレゼントしてくれたのは、有名ブランドのライターネックレスだった。当時の流行り物で、人気漫画のキャラが持っていたことで話題になっていた。ペンダントトップがガスライターになっている優れものだ。

当時、未成年のためタバコを吸えなかった真紀さんも、デザインを気に入り、肌身離さず首にかけていた。

だが、そんな浩平との別れが訪れる。理由は自分が我儘だったからだろう。記憶を手繰れば、こういう結果になったことも頷ける。しかし当時の真紀さんは振られた理由も分からず、酷く傷心していた。とにかく彼から貰った大量のプレゼントを見たくない。すぐにそれらを処分した。あんなに肌身離さず着けていたネックレスもだ。そのうちバンギャ活動も冷め、刺激の少ない生活に戻っていった。

気付けば数年が経ち、彼女は個性とは無縁の、ごく普通の社会人になっていた。ある日、部屋の荷物を整理していると、処分したはずのネックレスが突然棚から見つかった。

「捨てたはずなんだけどなぁ」

不思議だ、ここに仕舞った記憶もない。驚きを感じながらも、楽しく充実していた浩平との思い出が蘇る。真紀さんも歳を重ね、タバコを吸うようになっていた。せっかくだからとガスを入れ、タバコに火を点ける。

「まだ使える」

何だか嬉しくなり、そのままネックレスを首にかけ、行きつけのバーへ行くことにした。そこで思わぬ出来事が起きる。店に入るとすぐに、懐かしい顔が目に入ったからだ。その人物は浩平だった。

「何であなたがここにいるの？」

真紀さんは思わず声をあげる。

「真紀こそ。俺はたまたまこの店に入ってさ」

浩平も驚いていた。まさに偶然。失くしたネックレスが見つかった日に、浩平と再会するなんて。彼は真紀さんの首元をチラリと見る。

「まだかけてくれていたのか！　何だか嬉しいよ。もう流行も去っているのに」

浩平は子供のような笑顔を見せた。

(たまたま出てきたとか言い辛いな)

真紀さんは苦笑いをして、その場をはぐらかすしかなかった。連絡先を消去し、別れてから随分と会ってない。積もり積もった話をして、盛り上がる。けれどもお互い、また会う約束などするつもりはなかった。

「また縁があれば会えるよな」

「そうだね」

そんなやり取りをして、彼と別れた。久しぶりの再会に懐かしさを感じ、帰宅する。すぐにリビングの机にネックレスを置く。そして着替えを済ませて戻ると、机に置いたはずのネックレスが消えていた。

「あれ？　私、棚に入れたかしら」

どこを探しても見当たらない。ほんの数分のことだというのに、不思議で仕方ない。

（無意識にどこかに置いたのよ。そのうち出てくるわ）

あのネックレスが、彼と引き合わせてくれている。夢みたいな話だが、真紀さんはそう感じていた。

それから数年、ネックレスが現れることはなかった。そのうち転職により引っ越しが決まった。荷造りのため、部屋中をひっくり返し、整理するが見つからない。結局探すことは諦めた。

転居してしばらくした頃。ふとリビングの机の上を見ると、あのネックレスが置かれていることに気がついた。

（また浩平と会えるかも）

少しだけニヤケてしまう。すると、旧友から連絡が来た。真紀さんはすぐに電話に出る。電話口の旧友の声は、妙に小さい。

「一応伝えなきゃと……」

それは彼女にとって悲しい報告だった。浩平の訃報だったからだ。

どうやら彼はここ数年、病を患い、闘病していたそうだ。その電話は葬儀の参列の誘いでもあった。

翌日、彼女はネックレスを首に付け、浩平の葬儀に参列した。

(こんな形でなんて……)

真紀さんは深い悲しみに沈み、静かに涙を流し続けた。

葬儀も無事に終わり、一人自宅へ戻る。一服しようと喪服の下の胸元からネックレスを引き出し、ペンダントトップでタバコに火を点ける。そのまま首から外して、机の上に置いた。目を閉じて煙を吸い込み、今日一日の別れを思う。胸の奥から悲しみごと煙を吐きだして目を開けると、またもやネックレスは消えていた。視界にあるのは、灰皿とタバコの吸い殻だけ。もう浩平はいないのだ。

けれど彼女は確信している。

「今度ネックレスが現れる時は、私が死ぬ直前でしょうね。その時は首にかけ、浩平に会いに行きますよ」

真紀さんは使い切りのライターでタバコに火を点け、寂しげにそう答えた。

チャラ男こと「勇造」

軽薄な人間は周囲に必ずいるものだ。拓真さんの地元にもそういった人間が一人だけいた。地元の仲間で「勇造」という男だった。水商売専門のスカウト業に携わり、とにかく口は上手い。いつも拘りの高級ブランドに身を固め、路上を歩く女性にその口の巧みさで、声をかけていた。俗に言う「チャラ男」という存在だった。チャラ男と書き、勇造と読む。それほどの人間だった。

勇造はとにかく金や女に目がない。稼いだ金で遊び、気に入ったブランドの服を購入する。軽薄で、典型的な二枚舌。だが完全には憎めない。そんな勇造から一本の連絡があった。

「一緒にガールズバーをやらないか？」

何とも唐突な要望だ。拓真さんは職に就いており、しかも日中の仕事。現在の仕事を辞め、ガールズバーの共同経営などできるはずもない。

「せっかくの誘い悪いな……他を当たってくれ」

「そうか！　一緒にやりたくて、お前を一番に誘ったけど残念だ！」

そんな切り替えの早い返事が来た。

数ある交友関係の中で自分を選んでくれた。不思議でもあり、嬉しくもあった。しかし、何人もの別の仲間から、同じことを言われたという連絡が入ってきた。

「一緒にやりたい、一番最初にお前に連絡した」

同じ誘い文句に全員半笑いするしかない。日頃の行いか、皆も綺麗に断りを申し出ていた。拓真さんは、彼の図太く二枚舌な性格に心底呆れた。

そんな出来事の影響か、地元の者は勇造と距離を置くようになる。それからしばらくして、勇造が忽然と消えた。やれ半グレの女に手を出した、ガールズバーの金を持ち逃げした、海に沈められたと、物騒な噂話が次々に出る。どれも眉唾な情報ばかりだが、現に勇造は行方不明である。

拓真さんを含め仲間達は皆、勇造絡みのトラブルが恐ろしくなってしまった。勇造との連絡を絶つ——そんな暗黙のルールがいつしか出来上がっていた。（あいつのことだ。どこかでのうのうと暮らしているさ）

拓真さんはそう思うようにする。そんなある日、久しぶりに仲間達と集まる機会があった。語り合っているうちに勇造の話題になり、何とも言えないモヤついた感情がわだかまる。

「きっと懲りずに元気にしているさ」

誰かがそんな言葉を呟いた。すると突然、その場にいる全員の携帯が鳴り響いた。一斉に携帯を見る、もちろん拓真さんも。そして全員が同じ言葉を口にした。

「勇造からだ」

皆の顔が青ざめる。全ての携帯に同じ人物から、個別で着信が来ることなんて不可能だ。着信音は鳴り止まない。誰も通話に出る勇気もない。しばらくすると、着信音は同時に止まった。

履歴に残る勇造の名前。掛け直す選択肢もなかった。場は静まりかえり、その日は逃げるように解散した。その後も勇造の行方は分からないままだ。

けれども地元の仲間達と集まると、必ず起きることがある。あの時と同じ、勇造からの一斉着信だ。やはり誰一人、恐怖で通話ボタンに触れることができない。あの出来事以降、地元では勇造の名を呼ぶことはタブーになっている。

山井君の死んだ理由

厚司さんは学生時代、若者に人気のカフェでアルバイトをしていだ。その職場に、山井君という男の子がいた。同い年で面倒見も良い。優しくどこか儚げな印象を持つ子だったそうだ。

初めてのバイトで緊張する厚司さんを、とても気にかけてくれていた。厚司さんはあまり馴れ合うタイプではない。けれども山井君は、何かと親身になってくれる。厚司さんは彼にだけは心を開いた。だが働いていくうち、自分は飲食業に向かないことに気付き、バイトを辞めることにした。

彼はとても寂しがりながら「いつかまた同じところで働こう！」と笑顔で声をかけてくれた。

厚司さんは「そうだね！　新しいバイトが決まったら、また一緒に働こう」と答える。

山井君は両親も兄弟も亡くなっており涯孤独だと常日頃、周囲の人間に話していた。その過去が彼の儚げな雰囲気の理由だったのかもしれない。

厚司さんはバイトを辞め、しばらくは学業に集中し、山井君とも連絡を取ることはなかった。

「そろそろ新しいバイトを探すか。山井君との約束もあるしな」

ある日、そんな気軽な気持ちでバイト雑誌を開いていると、別のカフェ仲間から連絡が来た。

「山井が亡くなった」

そんな突然の連絡に厚司さんは驚く。快活で明るい彼に何があったのだと。事故か？　病気か？　知り合いに詳しく理由を聞く。すると考えもしない答えが返ってきた。彼は自ら命を絶ったというのだ。だがその理由は分からない。

さらに驚くべきことがあった。山井君の両親や兄弟は生きていたのだ。彼の家族は誰一人亡くなっていない。天涯孤独でもない。カフェのバイト先には家族から、葬儀は家族葬で行ったと電話で伝えられたそうだ。

山井君の兄がバイト先に現れ、書類手続きを行い、呆気なく関係は終わった。彼が命を絶った理由は最後まで明かされなかった。こちらから尋ねる雰囲気でもない。

ただ気になったのがその時の知人からの報告である。

「お兄さんさ、ずっと笑顔だったんだよ」

知人は眉を顰めてそう語った。

　厚司さんはバイトを辞めてから、一度も山井君と連絡を取ることはなかった。

(悩みがあるなら、もっと聞いてあげるべきだった)

厚司さんの心にモヤがかかる。しかし今更どうすることもできない。

それからしばらくして、書店でのバイトが決まった。仕事に慣れた頃、お店に新人が来ると店長に紹介された。新人は店長に呼ばれ、厚司さんの目の前に現れた。

「山井です、宜しくお願いします」

その子は山井と名乗った。背格好も声も、亡くなった彼に酷似している。

だが当然別人だ。

厚司さんの背中に急に悪寒が走る。

「あぁ……山井君は別の形で自分の前に現れたのだ」

そんな荒唐無稽な考えがまことしやかに浮かんだ。

その新人とは結局、あまり打ち解けることができず、そのうち彼は辞めてしまった。

厚司さん自身、距離を近づけてはいけない。何となく、そんな気持ちが常にあったそうだ。

結局、カフェで働いていた山井君が自ら命を絶った理由も分からないまま。当時のバイト先を通る度、陰鬱とした気持ちになると厚司さんは話した。

鳴き声が聞こえる

雄治さんは幼い頃、自然に囲まれ育った。家は集落から離れ、深い森に囲まれていた。雄治さんの家以外は周辺に誰も住んでいない。夏になると家の中まで響く、沢山の蝉の鳴き声が聞こえていたそうだ。

雄治さんはそんな場所で一度だけ不可思議な体験をした。彼が中学にあがって間もない頃。夏休みに入り、昼からやることもない。あまりの暑さで外出する気も削がれ、昼寝をすることに決めた。

くたびれたゴザに身体を寝かせ、竹製の枕の上に頭を載せる。網戸から流れてくる風が汗だくの身体を冷やし、心地よい。しかしそれと一緒にけたたましい蝉の鳴き声も入り込み、鼓膜を嫌というほど刺激する。

思わず両手で耳を押さえるが、隙間から音は入り込む。それでも次第に慣れてしまい、意識がゆっくりと途切れてくる。すると、フッと蝉の鳴き声に混じって別の音が聞こえてきた。雄治さんはその音で意識を取り戻した。

(何の音だろう……?)

雄治さんは耳を澄まし、蝉の鳴き声と風の音を聞き分ける。立ち上がって網戸を開き、窓から顔を出す。それが人の声だと雄治さんは不思議と分かっていた。

集落の子供が森へ入ってきたのだろうか。実際に虫取りで森に入る子供達を頻繁に見かけていた。眼前には鬱蒼とした木々のみが見える。やはり蝉の鳴き声とは違う音が、雄治さんの耳に入ってくる。それはどんどん蝉の鳴き声を押しのけ、大きくなってきた。

「やっぱり子供の声だ」

雄治さんは声を出す。子供の声だと理解すると、身体がなぜか自然と動き始めた。そのままの姿で家を出る。そして深い森の木々をかきわけていく。

森を進んでゆくにつれ、木々が陽を遮り、真昼にもかかわらず辺りは暗い。けれども森を進めば進むほど、声ははっきりと聞こえてくる。

それは「えっえっえっ……」と泣きじゃくるような声。周辺から気配を感じるが、人は全く見当たらない。子供の泣き声が大きくなるにつれ、恐ろしくなってくる。

「戻ろう……」

心細さと恐怖で、思わず呟いた。もと来た道へ身体を向ける。すると視界に何かが入った。木の上だ。何かが張り付いている。巨木のてっぺん、かなり高い場所に子供らしき姿がある。

暗くてはっきりは見えないが、紺色の着物を着ている。身体と四肢をまるで虫のように、巨木の幹に張り付けていた。顔は見えない。肩まで伸びた黒光りする髪の毛が目に入るだけだ。

雄治さんは動揺しつつ、集落の子供が木に登って降りられなくなったのではと心配する。

「ねぇ？　降りられないの？」

幹に張り付く子供に向かい、恐る恐る声をかけた。

「うぇっ……うえっ……」

子供は先ほどより激しく、大きく咽び泣いた。自分が登っても、助けられる自信もない。あんな高い場所にどうやって登ったのだと、困惑した気持ちにもなる。

「助けを呼んでくる！　もう少し我慢して！」

雄治さんは大きく声をかけると、家にいる両親を呼んで来ようと走り出す。森を息せき切って駆け抜ける最中、ふと冷静さが戻ってきて、違和感に気付く。

（あの巨木に、子供が手を回さずに張り付くとか、無理があるよな……）

だとするとあれは、人ではないのでは……。

そんな考えが頭をよぎった。しかし、走っている最中も泣き声は聞こえる。森を駆け抜け何とか自宅に戻ると、居間でくつろぐ両親がいた。

雄治さんは必死な表情で、先ほどの出来事を説明する。

「子供が森の巨木に登ったまま、降りてこられないんだ！　泣き声もあげて！　早く助けなきゃ！」と話した。

「ああ……父さんには聞こえないが、そのうち泣き止むよ。この家まで泣き声が届くとかあり得ないだろ？」父親は冷静にそう答える。

その冷たい反応に、雄治さんは苛立ちを覚えた。こうやっている間も、弱々しかった泣き声は大きくなっていく。

「ぎゃぁ！　ぎゃぁ！」

それでも父は冷静に繰り返す。

「ジッとしておけば聞こえなくなるよ」

確かに家からあの場所はかなり離れている。子供一人の泣き声がこんな音量で届くはずもない。雄治さんは徐々にあり得ないということに気付き始めた。

父親はゆっくり立ち上がり、家中の窓を閉め始めた。それでも声ははっきりと聞こえる。気付けば雄治さんは恐怖で震えていた。

それを見た母親が「そのうち聞こえなくなるから」と雄治さんを安心させるよう優しく笑い、頭を撫でてくれた。

そしてポツリと、「何も害のない、可哀想な子だから」とどこか切なげな表情を浮かべて呟いた。そんな母の言葉が聞こえたかのように泣き声はゆっくりと遠ざかっていく。

部屋が静まり、やっと雄治さんも落ち着きを取り戻した。

両親にあの子供について尋ねると、二人とも詳しくは分からないと首を振る。けれども昔からごく稀に現れる、害のない可哀想な子なのだと教えてくれた。

雄治さんは複雑な気持ちになった。あんなに大きな泣き声だ。きっと何かを求めているのだろう。ただ両親に無視をしろと言われれば、そうするしかない。幸い、もう一度あの泣き声に遭遇することはなかった。

あれから随分と時が過ぎた。

雄治さんは社会人になった後、故郷を離れ結婚した。今では子供が二人いる。

ある年の夏、久しぶりに子供達を連れて帰郷した。相変わらず森は深く、都会のような時の流れとは隔絶した場所だ。

滞在中、子供達が血相をかきながら「森から子供の泣き声がするよ！」と言ってきた。

雄治さんはすぐにあの子を思い出した。だが彼にはもう、あの悲痛な泣き声は聞こえなかった。当時の両親と同じだ。

雄治さんは子供達の手を引き、家に入れる。そして窓をピタリと閉めた。

「そのうち泣き止むから、可哀想な子だから、そっとしておいてあげなさい」

そう子供達に伝える。自分には声は聞こえぬが、あの子はまだ泣いているのだ。

人の親となった雄治さんの胸は、強く締め付けられた。

神様の言う通り

「野島の人生は常に順風満帆だったのです、何をしても上手くいく。人生の選択を間違えたことなど一度もなかった」

野島の古くからの友人、栗原さんはそう語る。彼らはお互い中学の同級生だ。学年の成績は常に一番で優等生。性格は冷たく打算的なところはあったが、それを周囲の者達には上手く隠していた。それが野島という男だ。

だが栗原さんだけは、彼の本質を分かっていた。野島は一流の企業に入り、美人の妻と可愛い子供二人を手に入れた。栗原さんから見ても完璧な人生だ。独身で三流企業に勤める自分とは雲泥の差だ。栗原さんは彼といるとどこか卑屈になってしまう自分を感じていた。それでも中学からの付き合いであり、野島とは頻繁に飲む仲であり続けた。

ある時、野島は酔って気分が良くなったのか、珍しく自分語りを始めた。それは先述の通り、野島の人生の選択は一度も誤りがないという話だ。

彼はウイスキーを栗原さんのグラスに注ぎ、こう話した。

「俺には『神様』がついてる」

「神様って守護霊みたいなものか？」

「いや少し違うな。迷ったら空を見上げるんだよ。すると神様が現れる、たったそれだけのことさ」

その時の野島は、勝ち誇り、自信に満ち溢れニヤついていた。まるで栗原さんを見下すように。

（そんな都合の良い神様とやらがいるか？）

酒の席とはいえ、栗原さんは彼に腹が立った。自分はお人好しではあるが、そこまで幼稚な頭はしていない。怒りをグッとこらえ、質問をする。

「その神様はどんな姿で、お告げはどうやって伝えてくるんだ？　まさかテレパシーとか言うなよ？」

意地悪にそう問う。彼は間髪いれずにこう答えた。

「神様と言っても文字が浮かび上がるだけだ、あなたはこうしなさいと。人生を左右する出来事の時だけ現れる。会社選びや恋愛の相手。ま、それを知った後は自分の努力次第だけどな」

それを聞いた栗原さんは呆気に取られた。

(何だ結局、本人の努力の賜物なのか)

しかし、努力しても上手くいかないこともある。栗原さんは自らの希望で今の会社に入ったものの、いざ入社してみるとやり甲斐もなく、男だらけの職場で出会いもない。努力だけではどうにもならず、選択ミスというものを痛感していた。

野島はウイスキーをなめながら、「これからも神様が言うことを選んでいけば全てが上手くいく」と栗原さんに満足げな笑顔で話した。

与太話と思えばそれまでだが、栗原さんは選択の神がついている野島が羨ましかったそうだ。——この時までは。


それからしばらくして、野島が家族と離婚したという話を聞いた。大本の理由は分からないが、彼が元妻と子供二人に暴力を振るっているという話を耳にした。

元妻は彼と離婚した後、子供を連れて行方をくらました。命の危険を感じからだ。

(一体、何があったんだ……)

栗原さんは話を聞くため、彼をいつもの酒の場に呼び出した。

野島は食事を全く取っていないのか、痩せ細り、憔悴していた。以前の自信に満ち溢れた姿はどこにもない。

「あんなに幸せそうだったのに何があったんだよ」

栗原さんは問う。すると、野島は重い口を開いた。

「神様がな、妻と子供を殺せと言うんだ。だから殺らなきゃならないんだ、神様の言う通りにしないと。このままだと俺の人生の歯車は狂っちまう……」

それを聞いた栗原さんは、野島が正気を失ったと感じた。野島は自分の中の「神様」に迎合したのだ。自らの意思を放棄し、神のお告げを達成するため、元妻と子供の命を常に狙っている。

野島は何かに操られているかのように虚ろな目を揺らし、ぶつぶつと言葉を吐きながらその場を去った。

それから少し経ったある日、彼は突然の交通事故で亡くなった。

執拗に探していた元妻と子供がいる場所へ向かう最中の出来事。非常に見渡しの良い場所での事故だった。

野島の狂った歯車は、軌道修正できぬまま大きく外れ落ちたのかもしれない。

異音

美幸さんは、幼い息子二人とアパートで暮らしている。元夫の暴力が原因で別れ、現在はシングルマザーだ。美幸さんと子供達は元夫に隠れ、怯える日々送っていた。

住まいはまだバレていない。だが、執拗に美幸さん達を探す元夫の存在に恐怖する。恐ろしいほど執念深い男だ。

（いつか私達は殺されるかもしれない、絶対に）

それほど彼女の精神は追い詰められ擦り減り、限界がきていた。子供達も元夫に怯え、夜泣きが一向に治らない。電気を消すと、毎日のように布団の上で泣きじゃくる。その光景を見るのが、不憫でならなかった。

（……どうにかしなければならない）

美幸さんは元夫から逃れる方法に悩んでいた。されど方法が見つからない。

ある日の夜。子供達を寝かしつける準備をしていると、スマホの着信音が大きく鳴った。

見知らぬ番号だ。

けれども、美幸さんはすぐにその着信の相手が分かった。

──元夫だと。

（住まいがついにバレたのか……）

彼女は動揺し狼狽えた。とにかく一刻も早く、ここから逃げなければならない。きっと車でこちらへ向かっているはずだ。着信音はけたたましく鳴り続ける。子供達を守らねば。眠気で横たわる子供達を、抱き起こそうとしたその時。

──プツリ。

電気が消え、部屋中が暗闇に包み込まれる。

（停電？）

その瞬間、

「ガシャン！！！」

室内で大きく固いものが衝突する音が響いた。

加えてそれに混じり、「グチャリ……」と、何か柔らかい物が潰れた音も聞こえた。美幸さんには一体何が起きたのか分からない。まるで壁に向け、トマトを投げ潰したような音だった。暗闇で子供達がポツリと呟く。

「潰れちゃったねぇ」

「潰れたねぇ」

幼い二人は呟く。

すぐに何事もなかったように、電気が点いた。美幸さんは子供達に視線を向ける。すると二人は互いに目を合わせ、嬉々として笑っていた。その光景になぜか背筋が寒くなる。あれほど鳴り止まなかった元夫の着信音は、静まりかえっていた。結局、部屋に響いた音の原因も分からぬまま、子供達を連れて家を出た。

その日以降、元夫からの連絡は途絶えた。それに合わせ、子供達の夜泣きも治まった。それが不思議だった。

「パパ怖い」

そんな口癖も消えた。今は元のアパートで、家族三人平穏な生活を送っている。ただ時折、子供達の笑顔が恐ろしくなる。

ひょんなことから前話の栗原さんより繋がり、美幸さん親子に辿り着き取材した話である。

母ちゃん

　英子さんには若くして亡くなった親友がいる。親友は幼い男の子を一人残し、亡くなった。残された子の名は秋斗。英子さんは母を亡くした秋斗を不憫に思ったが、幸いまだ元気だった祖母に彼は大切に育てられた。

　秋斗はすくすくと真面目な子に育ち、気付けば大人になり、結婚して子供を持つまでになった。幼い頃から彼を知る周囲は、幸せそうな今の彼を見て安堵した。母を亡くし、寂しい幼少期を過ごしていたが故にだ。

　そんな順風満帆だった秋斗に異変が起きた。彼はその日、いつものように自宅のマンションで、妻と幼い息子と一家団欒の時を過ごしていた。リビングのソファで大好きなお笑い番組を見て、部屋には秋斗の楽しげな笑い声が響いていた。

　翌日は息子の幼稚園の運動会が控えており、妻は息子を寝かしつけるため、寝室へ向かいかけて、ふと足を止めた。

（明日の運動会のお弁当。何にしようかしら？）

リビングに戻り、夫に希望を聞こう。そう思った。

「ねえあなた、明日のお弁当何にする?」

するとソファに座る秋斗の笑い声がピタリと止まった。無言で立ち上がり、妻の方をジッと見る。妻は、感情の一切を失ったかのような夫の表情に驚いた。

「母ちゃん、明日弁当食べられないんだね」

夫はポツリとそう言った。

(母ちゃん……? それに食べられないってどういうこと?)

夫は運動会へ行くため、わざわざ休みを取ったはずだ。なぜ弁当を食べられないなんて言うのだろう。それが不可思議だった。

次の瞬間、秋斗は何も言わずに妻の方へ小走りで向かってきた。そして止まることなくすれ違う。妻が後ろを向くと、彼は窓を開けて身を乗り出し、真っ逆さまに下へ飛び込んだ。マンションの七階だ、助からない。そう思った瞬間、予想外の音が下から響いた。

ジャポン――。

まるで水に落ちたような音。彼女の頭は混乱する。

(池でもあっただろうか?)

そんな記憶は一切ない。それでも薄い願いを持ち、窓の下を見る。

望みはすぐに消えた。堅いコンクリートの上で、彼は絶命していた。


秋斗の妻からその連絡を受けた時、英子さんは到底信じられなかった。

「あんなに幸せそうにしていたのに……」

そのような言葉しか浮かばない。

秋斗の死から、しばらく経ったある日。彼の妻にある相談をされた。亡くなる少し前、彼が妙なことをぼやいていたというのだ。それは職場の学生バイトが、ある心霊スポットへ行ったことについてだった。

そこは断崖絶壁で、自殺の名所でもあった。そんな場所とはいえ、興味本位で遊びに行くことを別に止めはしない。ただその帰りに、そのまま職場で働いていたことが秋斗は気に食わなかったようだ。

「最近の若い奴らは心霊スポットから帰っても、塩でお清めもしないんだぜ。何か憑いてきてたらどうするんだよ」

そう彼はぼやいていたそうだ。

そしてもう一つ、気になることが妻にはあった。

「夫は私のことを普段、子供に合わせてママって呼んでいたんです。どうしてあの日だけ、母ちゃんなんて呼んだのでしょうか？」

英子さんはその話を聞き、嫌な記憶を思い出して青ざめた。

実は秋斗の母は、飛び降り自殺で亡くなっていたのだ。それも彼の職場の学生バイトが行ったという心霊スポットで。そこは断崖絶壁で、下は海であった。

秋斗の母は、物心付く前の幼い息子に、「母ちゃんだよ」とよく声をかけていた。その声を思い出す。

「もしかしたら、そのバイト君が秋斗の母親を職場に連れ帰ってしまったんじゃないかしら。息子と同じような歳の若者に憑いていった先で、偶然我が子の姿を見つけ、あの世へ連れ去ってしまったんじゃないかって気がしてならないの。だから彼が窓から飛び降りた瞬間、水に落ちた音が聞こえたのかもしれないってね……」

英子さんはそう言って深い溜め息を吐いた。

この出来事が頭にチラつき、彼女は毎年行っていた親友の自殺現場での供養を辞めたという。

ホストへの足枷

里奈さんは当時、吉原の高級店で風俗嬢として働いていた。仕事を終えると、必ず遊び場の新宿歌舞伎町へと繰り出し飲み歩く。街に馴染むうち自然と知り合いも増えていった。それも影響し、里奈さんの友人関係はどんどん派手になっていった。ホスト、風俗嬢、時には堅気でない者。沢山いる個性的な面子の中で、希美という同年代の女がいた。彼女も店は違うが、里奈さんと同業だ。新宿のサパークラブで働く友人の紹介で知り合い、気付けば意気投合して飲むようになった。

希美は金髪で色白、ホストのような風体の若い男が好みだった。逆に里奈さんは、小麦色の肌と男臭さに溢れた男に惹かれる。二人の好みは全く正反対だった。

それを酒の肴にして頻繁に言い合い、盛り上がったことが記憶に残っている。良い男に目がない彼女達は、それがとても楽しかった。職業柄、給料は同世代の若者よりも随分と高い。日給二十万など当たり前で、数をこなせばそれ以上が手に入る。そうして手にした金を美容やファッション、大半はホストと酒に費やした。

しかし、辛い悩みも当然あった。

好きでもない男を接客し、ストレスを溜めていく。日毎にすり減る自己肯定感と、増えていく嫌悪感。そのフラストレーションのせいで、金はホストや酒に消えていく。互いにそれしか発散する方法がなかった。

里奈さんはそうした生活に危機感を持っていた。金は必要ない。本心ではこんな環境から抜け出したいと思っていた。だが、希美は違った。彼女の生活にはなんら現状を変える意思も、変わる気配もなかった。

お気に入りのホストに給料の全てを費やす。本人は「自分の彼氏だ」と喧伝していたが、どう見ても都合の良い関係だ。相手からしたら単なる客の一人だ。金を使わなければ関係の切れる存在。その糸を切らさぬため、希美は必死に身体を使い、金を稼いだ。

もしかしたら希美自身、利用されていることに気付きつつ、認めたくない気持ちと葛藤していたのかもしれない。次第に彼女の心は壊れていった。酒と薬に溺れ、自傷行為を繰り返していた。言動も危うくなり、手首には無数の深い傷が増えていく。そのうち里奈さんとの距離も開いていき、気付けば会うこともなくなった。

しばらくしたある日、希美が亡くなったという連絡が知人から届いた。

きっとあの子は自ら命を絶ったに違いない。死因は聞かずとも里奈さんには分かる。ただ、話によるとそれだけではないようで、かなり壮絶な死に方だったと耳にする。

「あの子、リストカットしていた左手首を切り落としたらしいよ」

「まじかよ……薬で頭おかしくなったんだろうな」

残酷で心無い言葉、途中から耳を傾けることを止めた。

くだらぬ噂話。

不憫に思いつつ、翌日、教えてもらった葬儀場へと向かう。参列する人達を眺めると、やはり皆、彼女の噂話をしている。

ただそこに、希美が言う「彼氏」の姿はない。その事実に、より一層やるせなさが募る。彼女が哀れで仕方ない。里奈さんは行き場のない怒りを抱え、その場を後にするしかなかった。

それからしばらくして、希美を弄(もてあそ)んだホストの噂を耳にした。どうやら身体を壊したらしい。以前のような明るさや元気がない。出勤こそしているが売り上げは大幅に減り、客は離れるばかりだと聞いた。希美が生きている時は、ナンバーワンを争うほどの人気だったのに、だ。

「いい気味。希美を弄んだ罰よ」

徐々に里奈さんの溜飲が下がっていく。

（ついでにその無様な姿を見てみたい）

友人に頼み、その男が働くホストクラブへ飲みに行くことにした。

店に入ると憔悴し、足を引き摺る男が目に入る。すぐに（あいつだ）と分かった。指名してやる義理もないので、その哀れな姿に満足して、あとは適当に酒を飲んで店を出ると決める。

「あ……」

ふと男の足元を見た里奈さんは、思わず声を漏らした。奴の足に何かが纏わり付いている。ジッと目を凝らして分かった。それは「人の手」だった。か細く色白な五本の指が、男の足首をガッチリと握っている。男はそれに気付いているのか、悲愴感漂う表情で己の足元を見つめていた。

そして足を引き摺りながら、バックヤードの方へ去っていく。里奈さんの脳裏に、希美の顔と壮絶だったという最期が浮かぶ。あの噂話は〝真実〟だったのだ。あの手はきっと彼女に違いない。

ただ、なぜあの男の足を、切り落とした左手で掴んでいるのか。恨みなのか、死してなお男を手放したくない執念なのか。

里奈さんには分からない。そのうち風の噂で男がホストクラブを辞め、歌舞伎町を去ったと耳にした。最後まで足を引き摺り、俯いて何かを見つめていたそうだ。彼には何が見えていたのだろう。里奈さんが見たものか、或いは別のものなのか。

そんな里奈さんもいつしか連絡が取れなくなった。聞くところによると、ホストに金をつぎ込み、働いていた店を辞めてしまったそうだ。彼女も今は生きているか分からない。

末広がり

大崎さんは「八」という漢数字が苦手だった。一時は、嫌悪感を覚えるほどだったかもしれない。

それは幼い頃から持ち続けている感情でもある。理由は家族の八に対する、異常な執着心が関係していた。端から聞くと意味不明だ。祖父母と両親、親戚さえも、八に心酔するように生活している。

八は末広がりと言われ、繁栄や発展などを意味し、古くから縁起の良い文字とはされている。それを踏まえてもやはり異常なことだ。大人達は皆、八に纏わるゲン担ぎだけでなく、多種多様な場面で八に拘る。その盲信ぶりには恐怖さえ感じていた。

幼い大崎さんは、そんな大人達を奇異な目で見続けるばかりであったが、ある日、居ても立ってもいられなくなり、祖父に意地悪な質問を投げかけた。

「おじいちゃん、八は僕らにとってどんな存在なの？」

「私達にとって八は全てだ。この文字を大切にしておけよ。そうすれば迎えに来てくれるぞ、絶対に」

黄ばみきった歯を見せ、祖父は嬉々として話す。

彼は「何が迎えに来るの？」と返した。すると祖父はニタリと笑い、こう言った。

「――死ねば分かるさ」

大崎さんはその言葉と見えぬ存在に、例えようのない気味の悪さと、畏怖の念を抱いた。ただ、迎えにくるのが人ではないことだけは理解する。

それからも一族の大人達は、八という数字に心酔していった。

大崎さんも歳を重ねるにつれ、徐々に八を敬うことが日常になっていくのを感じていた。幼い頃にあった違和感はなぜか薄れ、八という文字がじわじわと生活に浸透していく。

高校を卒業する頃、祖父は重い病を患っていた。医者も匙を投げ、日に日に身体は弱っていく。あとは死を待つだけ。それでも祖父は、八に対するゲン担ぎや日常的な振る舞いを変えなかった。いっそ狂信的なほどに。

ある日、真夜中の廊下から弱々しい声が聞こえた。

「もう少し……もう少しで……」

そこには笑顔で言葉を漏らし、床を這いつくばる祖父がいた。その執念に大崎さんは困惑する。

　死を待ち侘びるようにしか見えない姿だったからだ。

　翌日、祖父は呆気なく亡くなった。ただ布団で眠る亡骸は異様な姿だった。死後硬直をした祖父はなぜか布団から両腕を出し、左右の手のひらを両目に当てている。斜めに伸びた腕の形。それはまるで漢数字の八そのものだった。

　目は手のひらに隠れて見えぬが、口元は歯を剥き出して笑っている。

　まさに死の直前に絶頂したような、そんな恍惚とした表情。

　親戚連中も「じいさん、迎えに来てもらえて良かったなぁ」と亡骸に向け、羨ましげに語りかける。

　それからも近親者の訃報が入る度、祖父と同じような姿で亡くなっている光景が続いた。

両手で目を塞ぎ、口元に快楽に満ちた笑みを湛えた死に顔。

（一体、何が迎えに現れたというのだ……）

　以前は苦手だったはずの八という数字。それに対して大崎さんは今、抑えきれない好奇心を抱えている。そして、彼自身も現在、八に盲信した日常生活を送っている。

――死ねば分かるさ。

毎日のように、あの時の祖父の嬉しそうな言葉と表情を思い出す。

大崎さんは死の直前に現れるだろう、『八』という存在を今か今かと待ち望んでいる。

あとがき

どうも！　私の初の単著『夕暮怪談』を手に取って頂き、ありがとうございます！

こうやって書籍にできたことを、二十年前の私は知る由もなかったでしょう。当時就職活動に失敗した私は、毎日意味もなく怪談文庫を持って外出しておりました。ベンチに座り、そこで出会った井戸端会議中のご老人方。ポツンと佇み、文庫を読んでいる青年に興味を抱くことに時間はかかりません。

「お兄さん何している人なの？」その一言になぜか口に出した言葉は「作家です」でした。苦し紛れの回答に俄然興味を持つご老人達。偽りの自分に居たたまれなくなった青年は、「執筆をしなければ、それではまた」と呟き、文庫をパタリと閉じてベンチから立ち去りました。そして二度と老人方の前に現れなかったのです。その時の自分は、まさか「怪談作家」になるとは夢にも思わなかったでしょう。

青年よ！　あの時の君は嘘から出た真で作家になっているぞ！　事実は小説よりも奇なりと言うが、まさにそれを体験している！

消極的な性格の私にとって、「恐怖」という感情はコミュニケーションのツールです。好きな子に興味を持ってもらう手段、友人達との会話の潤滑剤。恐れを発生させる「怪談」が日常生活で必須でした。学生時代、プールバイトで真っ黒に日焼けした仲間と、監視室の六畳一間に集まっていました。バイトのギャル仲間達と、真っ暗闇の部屋で怪談を話した思い出。これが私にとって、今回の一つのテーマである「ギャル怪談」の原点です。また元書店員として、働いていた店舗に拙著が置かれる。これもまた不思議な気分です。

この書籍を完成させるにあたり、沢山の方々に力を添えて頂きました。お話を提供してくださった皆様、熱い推薦コメントを寄せてくださった都市ボーイズのはやせやすひろさん、竹書房編集部・営業部の皆様方、筆を握るきっかけをくれた父と親友のお母様。また相棒である、おてもと真悟含めたチーム・テラサマ、元職場の皆さん、この本を手に取って頂いた全ての方々に感謝です。そして親友の裕紀、その姉である美樹さんにこの本を捧げます。本当にありがとうございました。

令和六年霜月　　夕暮怪雨

★読者アンケートのお願い

本書のご感想をお寄せください。アンケートをお寄せいただきました方から抽選で５名様に図書カードを差し上げます。

（締切：2024 年 12 月 31 日まで）

応募フォームはこちら

夕暮怪談

2024 年 12 月 6 日　初版第一刷発行

著者……………………………………………………………………夕暮怪雨

カバーデザイン…………………………………………橋元浩明（sowhat.Inc）

発行所……………………………………………………………株式会社　竹書房

〒 102-0075　東京都千代田区三番町 8-1　三番町東急ビル 6F

email: info@takeshobo.co.jp

https://www.takeshobo.co.jp

印刷・製本…………………………………………………中央精版印刷株式会社
